OFF　猟奇犯罪分析官・中島保

内藤 了

角川ホラー文庫
22348

目次

【主な登場人物】

中島保（なかじまたもつ）　見習い心理カウンセラー。
早坂雅臣（はやさかまさおみ）　ハヤサカ・メンタルクリニック院長。
宇田川早苗（うだがわさなえ）　保が初めて担当したクライアント。
壬生（みぶ）　東京拘置所のベテラン刑務官。
大友翔（おおともしょう）　殺人罪で少年院に収容され、保護観察中の青年。
藤堂比奈子（とうどうひなこ）　八王子西署の駆け出し刑事。

プロローグ

海外へ旅立つ父親は、胸の高まりを隠そうとして声に威厳を持たせている。中島(なかじま)保(たもつ)は父が父親の役割を終えたことを、息子として嬉(うれ)しく感じていた。

「本当に大丈夫なんだな？」

電話からは、背後に出立ロビーの喧騒(けんそう)が聞こえ、スーツケースを転がしながら足早に歩く父の姿が想像できた。半歩先んじて新妻が寄り添う。彼女はいつも、ほんの少しだけ父の前を行くのが好きだ。長い髪をひとつにまとめ、春物のコートとスカーフを揺らして。

「大丈夫。今から不動産業者の人と物件を見に行くんだよ」

「寮にいてもいいんだぞ？　少しぐらいなら援助できる」

「やめてよ。父さんこそ物入りでしょ、もう自分の人生を生きるべきだよ。こっちはクリニックの収入でやっていけるし、大学はなんでも安いの、知ってるでしょう」

「何かあったら連絡しろよ」

「連絡はしない。大丈夫だから」

と、保は言った。

「少しはぼくのことも信用してよ。父さんは研究を続けるべきだ」

――みなさま。こちらはデルタ空港フェニックス行き８４０４便の優先搭乗案内でございます――

場内アナウンスが聞こえてきて、保はギュッとスマホを握った。

「結婚おめでとう。それと」

メガネを直して上を向く。父が飛び立って行く空は鈍色(にびいろ)の雲に覆われているけど、その上空は青空のはずだ。

「……父さんのことを尊敬してる」

そう告げたとき、いつ洗車したかわからないような軽自動車が目の前に止まって、運転席から太った男が降りてきた。

「じゃあね、気をつけて」

愛しているよと付け加えることもなく、保は父との会話を終えた。

「やあどうも、中島さんですね？　コダマ不動産の者ですが」

暑い日でもないのに、男は手の甲で汗を拭きながらそう言った。

「はい。中島です。今日はわざわざすみません」

「いえ、これも仕事ですからね。それじゃ、ご案内しますんで」

不動産屋は助手席のドアをあけ、座席に転がっていた空のペットボトルを後ろへ放った。背負っていたリュックを前に抱き、保はそこへ乗り込んだ。

男手一つで育ててくれた父は情報処理関連の研究者だが、アリゾナの研究所に請われて渡米が決まり、数年来付き合いがあった女性を妻に迎えて一緒に旅立つ。互いに忙しかったこともあり、大学へ入ってからはほとんど実家へ帰っていない。今後帰ることもないだろうから、父がマンションを処分するのに異存はなかった。むしろ、ずっと父を解放してあげたいと思っていた。

穏やかな風貌ながら、ときに情熱的で、そのくせおっちょこちょいで、不器用で、泣き虫の父は自分に似ている。そんな父をこよなく愛した母については、彼女を喪った小学校までの思い出しかないが、保は両親が好きだった。母を喪ってからの父は、仕事がどれほど忙しくても二十時には戻って、アタフタしながら下手くそな料理を作ってくれた。母の写真を見ながら一緒に泣いて、マンションのベランダで星の名前を教えてくれた。運動は……二人とも音痴だったので、キャッチボールくらいしかしたことがない。不自由な男所帯に不満はなかったが、成長するにつれ、父が仕事に傾けるべき情熱を自分が搾取していることに気が付いた。奨学金を得て大学へ進み、父に伝えた。もういいよ。ぼくは自分で生きていける。

大学院へ進むタイミングで寮を出て、アルバイト代でまかなえる安価な部屋を探したのも、父に心配させないためだ。これから父は、ぼくのために得損なっていた人生を生きる。新しいフィールド、新しい家族と共に。おめでとう、と保は心で言った。

コダマ不動産で見つけた物件は、築三十五年、六畳、四畳半に三畳のキッチン付き、風呂なし家賃三万円と格安で、今からそこを下見に行くが、保の心は決まっていた。どれほど古くて汚くても借りるつもりだ。住所と寝床があれば、それでいい。父同様に研究が好きだから。

「日当たりは良くないけど、窓は南向きですし。まあ……建物も、古いは古いけどねえ、家賃三万円は掘り出し物ですよ」

ハンドルを握る腕をでっぷりとしたお腹にのせて、中年の不動産屋はサイドブレーキにかけてあったタオルをとった。乾いてしわしわのタオルで額の汗を拭きながら、工業団地へ入っていく。

「はあ」

保は曖昧に返事をした。父は搭乗したろうか。旅立つ二人は笑顔だろう。

「リストラで前の人が出たばかりでね、丁度よかった、ラッキーですよ」

不動産屋の体が運転席いっぱいに膨らんでいるので、体を縮こめていないと、ごしごしと汗を拭く左肘が鼻先をかすめて当たりそうになる。後部座席にはフォルダや書類が散乱し、その他の場所にはスイーツの空きケースが詰まったコンビニの袋が積もっていた。車がカーブを曲がるたび空のペットボトルが転がってきて、ブレーキを踏む妨げになるのではと怖くなる。保はペットボトルを足で止め、踵を使って座席の下へ押し込んだ。

車は工業団地へ入ってゆき、いかにも日当たりの悪そうな、そして寝るためだけに帰って来る住人ばかりが住みそうな、古い木造二階建てアパートの前で止まった。一階に四室、二階に四室が、道路に面して北向きに並んでいる。脇に外付けの階段があって、上ると二階部分の通路になる造りだ。砂利敷きで雑草だらけの駐車場には古い軽トラックが一台と、風雨にさらされた自転車が三台置き捨てられていた。

「ここですよ。二階のね、一番奥の部屋が空いてます」

不動産屋が降りると車が浮いた。続いて助手席を降りたとき、保は、かさりと何かを踏みつけた。拾い上げればキャンディーの包み紙で、後で捨てようと思ってポケットに入れた。リュックを背負い直して不動産屋の巨体を追って行く。

「掃除は済んでます。こっちですよ」

かさり。

汗を拭き拭き階段へ向かう不動産屋もまた、桃色の包み紙を踏んづけていく。保は首を回して周囲を眺めた。奇妙な感じだ。見れば駐車場のそこここに、小さな桃色の包み紙が、花びらみたいにちらばっている。

行儀の悪い子どもでもいるのかな？

考えながら階段の上り口までいくと、踏み板の下に一粒のイチゴキャンディーが転がっていた。まだ中身が入っている。

カン、コン、カン、と足音を響かせ、不動産屋について茶色く錆(さ)びた階段を上った。四尺幅の通路には先住者の置いたガラクタが並んでいて、進むたび、巨体の陰から干(ひ)涸(から)びた植木鉢やゴミの袋があらわれた。

「お」

と、不動産屋が何かをよける。

通路の真ん中に、小さな赤い靴が、片方だけ転がっているのだった。

「子どもの靴が落ちていますよ」

保は靴をつまみあげ、通路の隅へ丁寧に置いた。

「だねえ」

興味がなさそうな返事をしながら、不動産屋は鍵の束を出す。

「ガキどもがここで遊ぶのかな？　けしからん」

「ここの子どものじゃないんですか？」

「や。ここはみなさん独り身でね」

不動産屋は鍵の束からひとつを選び、ドアに挿してから「んっ？」と言った。

「おかしいな……」

ドアには鍵が掛かっていない。不動産屋は顔を上げ、玄関脇に備え付けられた電気メーターを見た。保もそちらへ視線を向ける。ゆっくりと廻っていた。

不動産屋は血相を変え、力任せに玄関ドアを引き開けた。と、その風圧に吸われるように、ひらひらと紙が舞い出した。桃色の、小さな紙が……。

「なんだこれ、どうなってんだ」

不動産屋が怒ったように中へ入った時、保は、彼が脱いだ黒靴が、片っぽだけの赤い靴と一緒に桃色の包み紙の中にあるのを見た。イチゴキャンディーの袋がふたつ。

ひとつは空で、ひとつは封が切られて中身が入ったまま、狭い玄関に投げ捨ててある。

「ひいぃっ、ひゃあぁえぇえぇえぇーっ！」

それはケダモノが咆吼するような声だった。保はビクンと震え、驚いて三和土に飛び込んだ。玄関脇がキッチンで、奥へむかって四畳半、六畳と、畳の部屋が並んでいる。全部の襖が開け放たれて、汚いガラス窓がどん詰まりに見え、昔の映画で見るような裸電球がひとつ、侘びしい灯りをつけたまま、窓の前にぶら下がっていた。

なぜか畳が一枚壁に立てかけられていて、不動産屋はその前に尻餅をつき、狂ったように吠えながら、大きな体を震わせている。

どうしたんだろう？

保はスニーカーを脱いで部屋に入った。その瞬間、汚物と人工的な甘ったるい香りが混じり合う異様な臭気に襲われた。

なに？　混乱で、不動産屋の巨体が震えている以外のことは頭に入ってこなかった。見えているのに、見えてはいない。視覚と思考の間にシャッターが下りて、見たものの意味がわからなかった。

かすれた灯りが揺れる六畳間には、壁にも、窓にも、立てかけられた畳にも、赤黒い花が散っていた。幼稚園児くらいだろうか、女の子の幼気な体がひとつ、畳を剥いだ床板の上に仰向けで寝かされて、両方の手のひらと膝を立てた両足が、釘で直接床に打ち付けられていた。女の子はたぶん裸で、ロウのように真っ白で、首から下腹部にかけて黒々と花が増殖し、何がどうなっているのかわからなかったが、死んでいることだけは間違いなかった。

——解剖したんだ……——

心に浮かんだおぞましい言葉を、保は瞬時に頭で殺した。おぞましさと惨さを反芻すれば、自分自身が壊れてしまう。見開かれた瞳に自分が映るのが怖い。少女は体中の水分が絞り出たみたいに涙で頬を濡らしていて、口にキャンディーが詰め込まれ、その量の多さで細い喉が獲物を丸呑みした蛇のように変形させられていた。内臓に咲く花から蝿が一匹飛び立って、それが保の頬に、止まった。

瞬間、頭の芯が爆発し、どこかで恐ろしい声がした。ぼろアパートの天井を突き抜けて、空さえ落とすほどの咆哮だった。保はドンと膝をつき、不動産屋の背後で雄叫びを上げた。目にしたものの残虐非道さが細胞のひとつひとつに染みこんで、内側から彼を破壊していく。驚くべき衝動と、そして、こみ上げてきたのは怒りであった。

こん……なことが……許されていいはずがない。幼女の恐怖と痛み、絶望と苦しみ……保はそれらを共有できない自分を責めて、怒りに震え、許容範囲を超えてクラッシュした。血と肉と精神と、自分を形作るすべてのものが叫びとなってほとばしり、ケダモノに変えた。全身の毛が逆立って、炎のように燃え上がり、炸裂し、消失した。

今思う。

たとえばあれが、何かとてつもなく崇高な目的のために神が許した行為だったとしても、自分はそれを許さない。あの叫びは、あの声は、泣き叫ぶことさえ許されなかったあの子の悲鳴が、自分の喉を通ってほとばしり出た瞬間だったと。

第一章　神殿の勇者

　ハヤサカ・メンタルクリニックの診療室はどこも落ち着いた雰囲気で統一されている。各室とも窓に縦ラインのブラインドが設置され、採光が柔らかな筋状になる。観葉植物は葉の丸い種類が選ばれて、間接照明の光度は低い。

　クリニックには二名の心療内科医と、保を含め三名の臨床心理士がいて、院長は両方の資格を有し、薬物療法や精神療法のほかにカウンセリングを通じて患者やクライアントの不調を助けられるのが売りである。スタッフは独自にクライアントの受け入れ時間を決め、診療室も個室であるため、特別な用がなければ互いに顔を合わす機会がない。初めてクリニックを案内されたときの印象は、開業医同士が共同で借りたオフィスのようだというものだった。

　――では遡（さかのぼ）ってみよう……何が見えるね？――

院長である早坂雅臣（はやさかまさおみ）の声はテノールで、胸の裏側を猫の舌で撫（な）でられたような違和感があるが、そのざらつきも慣れてしまえば心地よい。

患者用ソファに横たわり、お腹の上で手を組んで、保は声に心を預ける。

あの事件に遭遇してから、何度この声を聞いたことだろう。初めは保自身の治療のために。今は、二度とあんな事件を起こさせないため、その方法を模索するために。

閉じた瞼（まぶた）の裏にあるのは薄暗い部屋と汚れた畳、外光をぼんやりとしか通さないガラス窓、天井からぶら下がった裸電球……そして……。

心拍数が跳ね上がり、ようやく思い浮かべた映像がショックで歪（ゆが）んだ。手足が冷えて、呼吸は浅く、言い知れぬ恐怖に襲われた。首筋に冷たい汗が流れて、保は激しく頭を振った。

――落ち着いて、深呼吸しようか――

その通りにしようと息を吸う。空気が肺に固まって、胸が痛んだ。

いつもそうだ。いつもこうなる。どうやって呼吸していたかわからなくなる。

「無理……です……できな……い」

「もう少しがんばろう」

と早坂が言う。

不動産屋の巨体が瞼に浮かぶ。尻餅をついて、大げさなほどに震えている。シミだらけの壁に畳が一枚立てかけてあり、甘ったるい香りが鼻を衝く。それに混じった別の臭いは意識の外へ追いやった。何の臭いか知っている。そうとも、何を見せられるか知っている。いやだ、吐きそうになって目を開けたとき、早坂の顔を見た。細面でツルリとした肌をして、秀でた額に白髪交じりの髪をなで付け、深刻な眼で自分を見ている。保はハッと上体を起こした。早坂は手首を摑んで脈を診ていた。

「今日はどこまで行けたかい」

脈搏数をメモしながら訊いてくる。

「玄関を上がった次の部屋です」

「何を見た？」

コップの水を渡してくれたので、ひと口飲んだ。

「壁と窓……剝いだ畳と不動産業者の背中……あと、照明が」

「汚れてた？」

思い出して保は頭を振った。実際の電球は血で汚れていた。けれども、それは見たくないのだ。もう二度と見たくない。

「……いえ」

「なるほど……ではご遺体は？　ご遺体は見えたかね？」

保はブルンと頭を振った。

「全部でなくとも、一部だけとか？」

再び強く首を振る。

「ふむ」

と早坂は頷いて、また脈を取った。

「震えているな……中島くん、深呼吸して」

指先が氷のようだ。それなのに汗をかいている。

「体に痛みを感じるかね？」

保は頷き、言葉を探した。

「感じます。胸と、両手、両足、腹部にも」

「どんなふう？」

「手足はキリで刺すような……あと、内臓をかき回されるような不快感」

「喉は？」

「異物が、挟まっ……た、ような」

少し咳き込み、「すみません」と謝った。心臓が口から飛び出しそうだ。

「かまわないよ。横になりたまえ」

保はポケットからハンカチを出して汗を拭い、崩れるようにソファに沈んだ。手が小刻みに震えていたので、強く指を組んで揉みしだく。それで少しは落ち着けた。

早坂は立ち上がり、自分のデスクへ戻って行く。そのデスクに箱を置き、患者から寄せられた感謝の手紙を詰めこんでいる。手紙の山は少しずつ高くなっていくが、早坂は整理をしない。毎朝ここへ来ると箱を見て、仕事に対する責任を嚙みしめているのだそうだ。

彼が得意とするヒプノセラピーは、催眠や暗示、様々なイメージを用いて患者の潜在意識に迫っていく手法である。早坂はその第一人者で、さらに推し進めた『潜入』という手法を研究している。今のところ、『潜入』を手引きするのが早坂で、実際に『潜入』するのが保の役目だ。早坂はカルテを書きながら、

「ゆっくりいこう。焦ることはない」

と、保にむけて微笑んだ。

「例の事件できみの世界はひっくり返った。大いなる脅威にさらされて、再構築しなければならなくなった。当事者だからね、恐怖も嫌悪感も他人の比じゃない。自分自身に『潜入』するのは容易じゃないさ」

「でも、焦るんです」

保は天井を見上げて言った。

「あんなことが許されるなら、何が起きても不思議じゃない。あの手の犯人は繰り返す。それを思うと、じっとしてはいられないんです」

「切り離すことだよ。多くの人が知らないだけで、似たようなことは起きている」

早坂は顔を上げ、保の瞳を覗いて言った。

「人間の残虐行為は太古から繰り返されてきたのだし、現象だけ止めようとしても上手くはいかない。残虐だからと肉食動物の捕食を咎められないのと同じだ」

「でも」

「根幹を変えるしかない。人の理性は育てるものだよ」

保は丸いフレームのメガネを外し、両方の目を強くこすった。

「……巨大な魔物に追いかけられている気がします。また被害者が出るんじゃないかと思ったら、一秒だって待てないんです……あんなこと、やめさせないと」

「そうだとも」

早坂は音を立ててバインダーを閉じた。

「だから研究を進めていこう。悪のスイッチはＯＦＦにする。シリアルキラーを快感に酔わせてはいけない。刺激に慣れて、渇望が肥大していくからね」

あれ以上肥大するなんて考えられない。保は床に足をつけてメガネをかけた。

「大丈夫か」

と、早坂はまた訊いた。

「きみもわかっていると思うが、トラウマは一足飛びによくはならない。どれほど辛くても、もう一度、しっかりと遺体を見る必要がある。何が起きたか、ありのままに思い出すんだ。向き合うことが最初の一歩だ。犯罪者の心理を知るんだ」

「できるとは思えない。見る前に衝撃で死んでしまいます」

「死んだりしないさ」

早坂は笑った。

「現場をつぶさに思い出せないのは、心と体を守るために本能が防御スイッチを作動させているからだ。けれど、そのせいできみは進めない。『潜入』時にもトラウマが防御スイッチを作動させてしまうから。でも、いいかい？　希有な体験をしたと前向きに考えればいい。ぼくを含め臨床心理士の多くは激しいトラウマを持っていない。でも、きみならば、トラウマを持つ患者の気持ちがわかるんだ」

そんなふうに考えられるわけがない。どんな言葉を費やそうとも、事件を正当化することなどできない。保の心は血を流す。

「そういうセラピストは少ないし、ましてやそれが猟奇事件だったという経験は、誰もが持てるものじゃない。ぼくらは犯罪者にも関わるが、彼らの心を理解できているのかと言えばそうではない。でも、きみは違うんだ――」

早坂は保を見つめ、

「――きみならば、彼らの気持ちに迫れるんだよ」

噛んで含めるような声で言う。

「ようやく裸電球を見た。もう少しだな」

保の頬を涙が伝う。眩しいときに流れるような感情を含まない涙である。

あの光景を思い出すたび涙が溢れる。それは激しいストレスを緩和するための身体反応に過ぎないとわかっている。いつかはあの光景と向き合わなければならないこともわかっているが、それができる自信はなかった。だから解放されることもない。靄に包まれた殺害現場の光景は潜在意識の狭間に隠れ、不意に浮かび上がって保を襲う。悪夢になり、衝撃になり、心拍数を上げて過呼吸を起こす。指先が冷えて目眩がする。激しい自己嫌悪に苛まれ、不安になって感情が高ぶる。自分が粉々になっていく。

人は『きみのせいではない』と慰めてくれる。『悪いのは犯人で、きみはなにひとつ悪くない』と。そんなことはわかっている。わかっているけど、どうにもならない。あの場所に、あの時間、自分がいたことの意味を探してしまう。そうでなければ、理由がなければ、あんなことが許されていいはずがないからだ。

この苦しみを、ぼくは生涯背負って生きるんだ。あの子の苦しみには及ばないのだし、そうする以外に自分を許すこともできないのだから。

繰り返し思うのは、一日早く部屋を見に行っていたのなら、あの子は死なずにすんだということ。今も元気に続きの人生を歩んでいたはずだということだ。

「ところで中島くん、このあとの予定はどうなっているかい」

保はレンズの下に指をさし込んで涙を拭った。

「少年鑑別所で資質鑑別のご予定でしたね。ぼくは大丈夫ですから、ぜひ、ご一緒させてください」

早坂は保のカルテを片付けながら訊いた。

「ならばビデオの準備を頼んでいいかな」

「はい。すぐやります」

立ち上がって部屋を出て行こうとすると、

「そっちの事件については知っているかい？」

早坂院長はまた訊いた。

「ニュースで得た程度の知識ですが。小学生の男子ばかりを狙った連続殺人でしたよね。暗渠に誘い込んで殺したという」

振り向くと、早坂はファイルを用意しているようだった。

「それだ。詳しくは車で説明するが、状況は資料を見てもらったほうが早いだろう。遺体写真も載っているけど、見られそうかい？」

それを気にしていたのかと、保は思った。

「トラウマと仕事は切り離せます」

失礼しますと頭を下げて、保はドアを引き開けた。

早坂院長の診療室は突き当たりにあって、反対側が受付だ。双方をつなぐ廊下は片側だけに診療室が並び、窓のない壁に絵画や写真が掛けてある。診療室はアルファベットで区別され、保の部屋は『D』である。

どの部屋も内装は変わらない。一面の大きな窓はブラインドを開けると通り向こうの公園が見下ろせ、丸い葉の観葉植物はレンタルだ。患者が座るソファは同じデザインの色違いで、壁の絵画は患者によって掛け替える。チェストには箱庭の道具や積み木など、治療のためのツールがあるが、担当者によって差異がある。

「ビデオ、ビデオ……と」

壁をスライドさせると奥が棚になっていて、撮影機材などをしまっている。保はもともと機械に強く、東大では工学部にいたのだが、あるとき母親を殺した少年の資質鑑別ビデオを観て衝撃を受け、矯正心理を学ぶ決意をした。そのビデオで鑑別技官をしていたのが早坂で、彼に師事しようと決めたころ、事件に遭遇して休学を余儀なくされた。早坂は保の主治医になり、現在はここで有償臨床実務経験を積んでいる。

機材を下ろしてテーブルに並べた。運搬用のバッグをひらき、入れる前にツールを確かめる。そうしないと、うっかり何かを忘れてしまう。

「コネクター」

指さし点検してからバッグに詰めた。

「それとパソコン」

デスクへノートパソコンを取りに戻ったとき、フォトフレームに目がいった。

入っているのは写真ではなく、桃色の小さな紙である。

あの日偶然拾い上げた一枚の紙を、保は何ヶ月も経ってから上着のポケットで再び見つけた。フラッシュバックで失神するかと思ったが、不思議にそうはならなかった。

両端にねじれ跡がある小さな紙は、保に語りかけてきた。

——怖かった……痛かった……苦しかった……助けてと叫びたかった——

あの子にはできなかったのだ。喉が変形するほど飴玉を詰め込まれていたからだ。

桃色の紙を握りしめ、そのとき保は心に誓った。

犯人も知るべきだ。あの子の恐怖と痛みと苦しみを。もしもそれを知るのなら、二度と殺人を犯すはずがない。

優しくフォトフレームに手を置いて、保は再び荷物を揃えた。

早坂は運転が好きである。愛車は黒のアウディで、仕事へはいつも車で向かう。通勤に電車を使う保は、あれ以来汚れた軽自動車にトラウマがあるが、早坂の助手席ならば平常心で乗ることができる。シートベルトを締めるなり、早坂は少年についての資料を渡してきた。

「対象者は柏木晋平という十五歳の少年で、軽度の知的障害がある。最初の事件は一年半前の夏。小学三年生の男子が学校帰りに行方不明になり、一ヶ月後に下水管から発見された。当時は誤って側溝に落ちて溺死したと思われていたんだが……」

資料は三冊。表紙にはそれぞれ被害者の名前が記されている。

保はもっとも古いファイルを開いた。一ページ目に被害少年の写真があって、名前、年齢、身体的特徴、住所、家族構成、学校名や学年、簡単なプロフィールが記されていた。少年は小柄でかわいらしい顔をしている。性格は快活で、サッカーが好きだったとある。ページをめくると発見時の遺体写真が現れた。ひと月も下水に浸かっていたので損傷が凄まじい。保は痛ましさに眉根を寄せた。こんな姿になった息子と再会した遺族の痛みはいかばかりか。やるせなさに指が凍える。

「着衣やランドセルも流されていてね。このときは事件としての捜査はされなかったんだ。二人目は昨年の冬。小学四年生の男子が行方不明になっていたんだが、正月休みに三人目の犠牲者を捜索中に死体で見つかった」

二冊目の資料を開いてみる。ニュースで殺人事件の報道がされたのはこの頃だ。少年はやはり小柄でかわいらしい顔つき。ゲームが趣味だと書かれている。最初の犠牲者と学校は違うが、住所は近い。ページを開くと、またも痛ましい写真があった。現場は両側にメンテナンス用の歩道がついた暗渠の水路だ。遺体はランドセルを背負ったまま両手両足を広げて、くるぶし程度の水中に仰臥している。死因は心臓をひと突きされたことによる失血死。流れてきたゴミがランドセルに引っかかり、投げ出された手足が冷たい水に浸かって、両目も口も開いたままだ。着衣に大きな乱れはないが、襟元を引っ張られたようにジャンパーが歪んでいる。

「凶器はなんですか？」

保が訊くと、

「ペティナイフ。手が滑らないようゴムを巻くなど計画性があったらしいよ」

と、早坂が答えた。

「遺体から何か持ち去られていたものは？」

早坂はニヤリと笑った。

「やはりサイコキラーを疑うね？　ランドセルに付けていたキーホルダーがひとつなくなっていたようだ。記念品だな。クマということだったが」

「どの被害者からも奪ったんでしょうか」

「三人目は交通安全のお守りがね。緑色のフクロウに鈴がついたものらしい。おそらく最初の被害者からも何か盗ったと思うが、確認できていないんだ。凶器は学習机に隠していたが、キーホルダーは出てこなかった。儀式で土に埋めるとかしたのかも。代わりに犯人の部屋からゾッとするようなものが見つかっている。座布団をヒモでグルグル巻きにして、心臓を突き刺す練習をしていたようだ」

保は無言で顔をしかめた。

「戦闘ゲームの延長戦で、現実と非現実の区別がつかなくなったのかもしれない」

そうだろうか。保は写真に目を注ぐ。

「少年ばかり狙っていますね。性的嗜好はどうだったんでしょう」

「悪戯された形跡はなかったが、仰向けに引き倒して殺すことに性的快感を覚えていたのかもしれない。気がついたかい？　被害少年は似たタイプだ」

保は最後のファイルを開いた。

三人目は小学生になったばかりである。早坂が言うように、やはり小柄でかわいらしい顔をしている。大人しそうな外見の、でも活発な男子のようだ。どの子も似た髪型で、どの子も目が大きくて顔が小さい。三人目は同じ暗渠の横穴にあたる土管で見つかった。奥に隠したものが流れ出てきた可能性もあるという。

早坂によると、警察は防犯カメラの映像などから被疑者を特定したようだ。

「どうして暗渠だったんでしょう」

ハンドルを切りながら早坂が答える。

「人目につきにくいのがひとつ。もうひとつは暗渠の様子がバーチャル世界に似ていたからではないかと考える。おそらく彼は、そこで人を狩るゲームをしていたのではないかな。一人目の時は増水で死体が流れ出るまで発見されなかったから、犯行が続いたのかもしれない。彼にとって暗渠は秘密基地のようなものだったんだろう」

「殺害現場に通っていたんでしょうか？」

「うむ。変化を見守っていたとしてもおかしくないね。遺体は所有物だから」

「一人目が流されてしまったから次の犠牲者を探したんでしょうか。でも、その後にもう一人殺してますよね」

「自分では止められないんだよ。強迫神経症の可能性もあるね。その手のタイプは自分にジンクスを課して、それを破る恐怖心から殺さずにいられなくなるものだ」

早坂は一瞬だけ保を見た。

「あとは快楽殺人の場合だね。警察が目を光らせていてマズいと知っても、チャンスが巡ってくると衝動を抑えきれない。子供は冒険好きで年上の同性に憧れを抱くから、秘密の場所へ連れていってあげると言えば警戒せずについてくる」

「そうですね」

捕まらなければさらに犯行を重ねていたということだ。保はキャンディー事件の被害者のことを考えていた。犯人はまだ捕まっていないし、犯行現場の凄惨さや、犯行前に畳を上げた手口などからして、殺人を繰り返すシリアルキラーとわかっている。だからこそ様々なパターンを研究しなきゃならない。どれほど辛くとも、彼らを止めるためには知らなければならないのだ。

「軽く『潜入』してみるかい？　本人に会えるし、資料も揃っている。快楽殺人を犯す者の思考を覗いてみれば、動機やパターンを知るのに役立つだろう？」

『潜入』は軽くできるような行為じゃない。けれども保は、

「そうですね。やってみます」

と言った。

自然豊かで高い建物が少ないからか、八王子は田舎の雰囲気を残していて、休日などは心が解放される気分になる。対象者が入所している少年鑑別所は住宅地の外れにあって、大学のグラウンドや公園などが隣接している。敷地の周囲に高い木を植えて目隠しするなど地域住民の視界を遮る工夫がなされた建物は、近く移設される計画があるという。現在は公民館か支所のような外見で、少年鑑別所という表記すらない。早坂が駐車場に車を止めると、保はすぐに機材の準備を始めた。

資質鑑別の様子はビデオに残すことになっている。機材はごく簡単なもので、先方の了解を得てクリニックが撮影し、テープを共有する決まりだ。早坂は非行少年の矯

正を研究テーマに論文を書いており、録画は研究のために使用する。

建物の内部は学校に似ている。資質鑑別の部屋も学校の教室そっくりで、片面に大きな窓があり、周囲の視線を遮るため中庭に造られた運動場と、そこに植えられた木が見下ろせる。

保は面談用テーブルから離れた位置にカメラを設置し、対象者の背中と早坂の正面だけが映り込むようにした。万が一にも少年の顔がテープに残り、後の人生に影響を与えることがあってはならないというのが早坂の理念だ。表情を把握することは大切だが、それは早坂自身が研究ファイルや鑑定書に書き込めばいいことだと彼は言う。設営が終わると保はカメラの近くに座り、早坂に渡された事件の資料を膝に載せた。面談には関わらない。黙って二人を見守るだけだ。

教室の窓は早坂の指示で開かれていた。気持ちのいい風が吹き込んで、樹木の揺れる様子も見えるが、普通の学校と違うのは、どの窓にも鉄格子があることだ。

子供の心臓をひと突きにしたなんて、どれほど凶暴な犯人だろうと思っていたが、教官が連れてきたのは華奢で小柄な少年だった。童顔で、色白で、瞳の色がやや薄い。どちらかといえば被害者に似たタイプである。少年が目の前を通るとき、袖をまくり上げた腕の内側と、髪を刈り上げたうなじの部分に無数の傷が見えた。尖ったものでひっかいたような一直線の傷跡だ。

「いいですよ。あとはこちらでやりますから」

早坂が教官に言い、教官は少年を残して部屋を出た。鍵が掛かる音がする。

教官は少年がリラックスできるようドアの外で待つ。最大で八十人を収容できるこの施設には現在十六人の入所者がいて、うち二名が女子だという。矯正段階に応じて使用できるよう、施設には単独室も集団室もあるが、少年はここで虐めに遭って、現在は単独室に入所している。

「そこへ座って」

早坂が例のテノールで言う。

面談はテーブルを挟んで行われるが、早坂はいつも正面ではなく、対象者の斜め前方に座る。そのほうが会話をスムーズに進められるからだ。

後ろの保には目もくれず、少年はテーブルの脇に立ってモジモジしている。

早坂は先に掛け、テーブルのカルテを引き寄せた。少年の情報はすでに頭に入っているので、カルテはいわば見せかけだ。自分が何かを調べられていると知らせるための道具のようなものだと早坂は言う。そのまま早坂が黙っているので、少年はとうとう椅子に座った。早坂には体の正面を向けず、足先がドアに向いている。

保はビデオのスイッチを入れた。

「ぼくは早坂雅臣といって、鑑別技官だ。きみと話しにきたんだよ」

少年は黙っている。両膝(りょうひざ)の上に拳(こぶし)を置いて、足先は入口へ、首はその反対へ向いている。保からは見えないが、おそらくアイコンタクトが苦手なタイプだ。

早坂が黙っていると、少年は体を揺らし始めた。早坂はカメラに向いて日付と録画場所と対象者の名前、自分の氏名をはっきり告げた。

「では、名前を聞かせてくれないか。私がきみに名乗ったみたいに」

少年は黙っている。

「名前を教えて」

もっと単純に質問した。

「晋平……かしわぎ、しんぺい、です」

名字より先に名前を言った。年齢より発達が遅れているのだ。

「晋平くん。知りたいことがあるんだけど、教えてくれるかい？」

早坂は少し待ち、やや身を乗り出してもう一度訊(き)いた。

「私に教えて欲しいんだ。教えてくれるね？」

少年は黙っている。早坂はかたちだけカルテに目を落とす。

「ナイフは好きかい？　上手に使える？　ナイフ、武器のことだけど」

「武器はたいせつ」

と、少年は言った。

「そうか、武器は大切なんだね。どうして大切なんだろう」

「心臓を刺さないと襲ってくるから」

体が前後に大きく揺れた。早坂は少年を見ずに訊く。

「心臓を刺さないと襲ってくるのか……なにが襲うの？」

「怪物……です」

「怪物はどうして襲うの？」

答えない。

「ゲームかな？」

「……そう」

「その怪物は、男の子の姿をしているのかな？」

「化ける」

「化けるんだね。怪物はいつも化けている？　男の子に」

少年は窓の外を見る。

早坂は質問を変えた。

「水が流れる暗いところを知ってるかい？　秘密の場所だ。行ったことが……」

「神殿」

「神殿？　そこは晋平くんの神殿だったの？」

晋平は頷き、早坂の目が一瞬保に向けられる。

これから起きることをよく見ていろと言ったのだ。窓の外では樹が揺れる。透明な翅で脚の長いカゲロウが飛んできて、鉄格子に止まった。

「そこへ誰かと行ったよね」

「行きました」

少年が揺れる。ゆっくり前後に揺れている。

「誰と行ったの」

「ナイショ」

「でも、きみは神殿で……」

早坂は少し考えてから、

「ナイフを心臓に刺したよね」

少年の体は横を向き、早坂を拒否した。そのままの姿勢で揺れている。

「それは怪物の心臓かな。刺さないと襲ってくるんだよね」

早坂はカルテの下から画用紙を引き出すと、机に載せて、少年のほうへ滑らせた。六色のクレヨンをその脇に置く。

「怪物の絵を描けるかい？　描いて、教えてくれないか」

瞬間、少年は正面を向いた。紙とクレヨンを引き寄せて、彼は絵を描き出した。保は固定していたカメラを手に持って、静かに少年の背後へ寄った。

少年が迷わず手にしたのは黒のクレヨンだ。地面と壁を黒く塗り、その真ん中に死体を書いた。頭が手前で足が奥。両手を広げて倒れている。

言語能力に長けていない晋平のようなタイプには、稀に驚くべき表現方法を身につけている者がいる。晋平が一心不乱に描きだしたのは、脳内で想像したものではなくて、視覚で認識した画のようだった。なぜなら死体の頭が目の前にあり、足は向こうに、その奥に半円形の開口部があるからだ。俯瞰ではなく目で見たままを描いている。

開口部の奥が明るくて、暗渠の壁にゆらゆらと無数の線が描かれた。絵の通りだとすれば、晋平は子供を殺したあと頭側に移動して死体を見下ろしたことになる。事後に犯行を再確認する癖があったのだろう。死体にはナイフが刺さっていない。晋平は次に赤色のクレヨンを持ち、死体の胸に血を描いた。また黒いクレヨンを手にして絵は続く。死体の横に大きな男。手にナイフを持っている。晋平はナイフの切っ先を血で汚し、心臓からほとばしり出る血を描き足した。

不思議だ。と、保は思う。こんなケースは珍しい。視覚そのままの光景を再現しながら、少年は自分の姿を想像で描く。大きくて強そうな男。それは小柄で童顔で虐められやすい少年が、なりたいと憧れる姿に思われた。

「どれが怪物？」

早坂が訊く。晋平は死体を指した。

「これは誰？」

と、早坂は訊く。ナイフを持った大男だ。少年は、

「勇者」

と、答えた。保は画用紙を撮っている。細部まで描かれたおぞましい絵だ。

「怪物は心臓を刺すと正体を現すのかな。ただ死ぬだけ？　どうなんだろう」

「正体を現さない……死んだら消える、煙みたいに……絶対、消える」

晋平は凄まじい速さで、描き上げたばかりの絵を塗りつぶし始めた。その様子も保はビデオで撮った。手が動くスピードと激しさはもの凄く、クレヨンはどんどん減って、やがてポキンと折れてしまった。それでも彼は塗るのをやめない。画用紙はくち

ゃくちゃになり、破れて机にクレヨンがついた。指先が真っ黒になるほど塗ってから、彼はいきなり泣き出した。体を丸め、震えながら泣いている。

早坂は晋平の脇に来て脈を取り、それから優しく背中をさすった。

鉄格子のカゲロウが飛び立っていく。

風はいつの間にか収まっていた。


少年の資質鑑別は短時間で終了し、教官が呼ばれ、晋平は連れて行かれた。

「見たかい？」

クシャクシャになった画用紙を見下ろして早坂が訊く。

「殺人を理解しているように見えました」

「彼の中ではリアルとバーチャルが混在していて、事後に遺体が消えるはずだったのに、そうならなかったからパニックを起こしたんだな。絵を描かせなかったら暴れたはずだ。ストレスに弱いタイプなのだろう。それかトラウマを抱えているかだ」

「興奮してしまって、キーホルダーのことは訊けませんでしたね」

保は言い、ビデオカメラを片付けながら首を傾げた。

「いくつか疑問が湧きました」

「なにかね？」

「言動と行動の不一致です。本当に彼が殺したんでしょうか」

早坂はただ眉をひそめた。

「塗りつぶされてしまいましたが、晋平くんは、サヴァン症候群の特徴のひとつでもあるカメラアイを持っているようです。その場合、見なかったものは描かないはずです」

「ナイフを持った男のことだね？　私もそれは思ったよ。カメラアイが自身の姿を投影するのは珍しい」

「珍しいというより不可能ではないですか？　たとえば鏡に映ったシーンを描く場合でも、右利きが左利きになるというように見たままを描く。死体は頭を手前にしていたので、構図に彼自身は存在しないはず。それに体格も違います。サヴァンなら身長その他を含め縮尺が現実に則しています」

「彼にとっての殺人は、バーチャル世界の出来事だからではないかな」

早坂の発想は新しかった。

「晋平くんは戦闘ゲームに傾倒していたし、ゲームでは自分自身を俯瞰できるよね？　プレイヤーはアバターを観ながら操作するし、外見だって自由に選べる。強い者に憧れて屈強なアバターを選んだだけかもしれないよ」

「アバターか……そうですね。そこまでは考えませんでした」

「まあ、中島くんが言うように希有な例ではあると思うよ」

早坂は黒い画用紙をまだ見ている。保は続けた。

「もうひとつ気になることがあったのですが……怪物は死ぬと正体を現さないまま煙のように消えるはずだったのに、そうならなかったからパニックを起こしたと院長は仰いました。画用紙を塗りつぶしたのはそのせいだと」

「うむ」

と、早坂は絵を見て言った。

「そうであるなら、彼が暗渠へ通った行動の理由が違ってきます。シリアルキラーのように被害者を所有物と感じて執着したわけではなく、死体が消えないことに恐怖を覚えて、確認せずにはいられなかったということでしょうか」

「そうなるね」

「では、殺人を繰り返したのはなぜですか？」

早坂はじっと画用紙を見ている。

「死体が消えなかったことで、晋平くんは現実世界に引き戻された。だから絵を真っ黒に塗って消そうとした。殺人行為に戦いたからですね。だとすれば、第二、第三の殺人を犯す理由がありません。似たようなターゲットを選び、同じ場所で同じやり方で殺すのは、強迫神経症を伴うシリアルキラーの特徴です。でも晋平くんはそうじゃない。クレヨンをもとの場所に戻さなかったし、画用紙も机に置いて帰りました。立ち上がった椅子も戻していません。窓が開いていても頓着しない」

「うむ……」

と、早坂はまた言った。

「本当に彼が犯人でしょうか」

「犯人は彼だよ。そういうことになっている」

早坂はぴしりと言った。この事件は柏木晋平が心神耗弱状態で起こした殺人で決着している。鑑別技官は少年が非行に陥った要因を分析するために本人の資質や環境上の問題を調べ、事情に考慮しつつ改善の指針を示すのが仕事だ。犯罪についてはすでに警察と検察が捜査して有罪が確定している。保は資料を引き寄せた。

「いろいろと興味深いので、勉強させていただいていいですか？」

「かまわんよ」と早坂は言う。

「これも保存しておいてくれたまえ」

早坂は破れた画用紙を保に渡した。

ノックの音がして、晋平を連れていった教官が戻ってくる。早坂は立ち上がり、

「クレヨンで机を汚してしまいました。すみません」

と、謝った。

教官は女性で、五十代くらい。体格がよく、日に焼けた肌をして、パサパサの髪を後ろでひとつにまとめている。

「拭き取っておきますから大丈夫です」

「晋平くんは落ち着きましたか？」

「え、まあ、そうですね」

「核心に触れる質問で混乱させたからでしょう。でも、手応えはよかったですよ」

「ここへ来ると生活が変わりますから、彼でなくとも不安定になります。今までのようにゲーム三昧とはいきませんし、単独室で絵を描くのがせいぜいですね」

「どんな絵を描いていますか？」

保が会話に割って入ると、教官は首を傾げた。

「マンガかしらね？　エンピツで大学ノートに描いています」

「見せてもらえないでしょうか」

彼女は視線を天井に向けた。

「本人に訊いてから、次の面談に持って来させるようにしましょう」

「ありがとうございます」

と保は言って、開け放っていた窓を丁寧に閉め、閉めながら再度教官に訊ねた。

「そう言えば、晋平くんの首や腕に傷がたくさんありましたけど、あれはこちらで、虐められてついた傷ですか？」

教官は、とんでもないという顔をした。

「ここへ来たときはもうありました。手や首だけでなく性器にも。自傷行為が癖だったんじゃないですか。早坂先生には報告済みですが」

保が見ると、早坂は頷いた。

「表面だけの薄い傷だが、いくつもあるんだ」

「晋平くんは自傷行為を？」

「ここに来てからは一度もないです」

教官はハッキリと言い、保と早坂を教室から出して施錠した。

そのまま保たちを所長室へと案内していく。施設内の移動は職員同伴と定められているからだ。所長に会って面談の様子を伝え、次回のスケジュールを打ち合わせると、また教官に連れられて出口へ向かった。一階の廊下を歩いているとき、中庭に少女の姿が見えた。ここでは一日に一時間だけ運動が許される。少女は何かに追われるように、大木の周囲を走っていた。

生まれながらの犯罪者はいないというのが早坂の持論だ。共感も、同情心もなく、利己的な資質だけを持って生まれたとしても、誰もが犯罪者になるわけじゃない。むしろそうした資質がよい方向へ働いて、ビジネスで成功を収める者は多い。

「やはり環境なんだよなぁ……」

運転席に乗り込みながら、早坂は呟いた。

「中島くん。帰ったら晋平くんの家庭環境を調べてみてくれないか。きみはどう感じるか教えて欲しい。ぼくが自分でやればいいんだが、間もなく学会があるのでね」

申し訳程度に「きみが優秀で助かるよ」と、付け足すことも忘れない。リポートにまとめて提出してくれと言いながら、エンジンを掛けた。

「わかりました」

シートベルトを締めているとき、スマホが鳴った。

「東大の医学部からです。話しても？」

「かまわんよ」

車は住宅地を北上してクリニックへ向かう。保はやがて通話を終えた。

「脳の扁桃体に腫れを確認できたそうです」

「そうか、やったな」

早坂は嬉しそうな声を上げ、先の交差点で行く先を変更した。

「狙った位置に発生したのか?」

興奮した声で訊く。

保は自分の頭をさすった。

「どうでしょう……特別変化はないんだけどな」

「幻影が見えるとか、フラッシュバックが起きるとかは?」

「今のところはありません」

「ふうむ」と静かに唸りながら、

「まあ、きみはサイコパスじゃないからね」

早坂は白い歯を見せた。

「もしかして、腫瘍の発生場所が違っちゃったのかな」

自分の意識を窺いながら保が言うと、

「それはないよ」

早坂は即答した。

「フリーマンが『ロボトミー』を広めた時代と違って、今は医療機器も格段に進歩しているし、闇雲に脳をいじったわけじゃないからね。あとで脳波を検査して、正確なデータを取ってみようじゃないか」

『ロボトミー』は精神医学界のタブーとされる手術である。精神疾患にまだ有効な治療法がなかった二十世紀前半。フィラデルフィアの裕福な医者一族に生まれたウォルター・フリーマンは、国際神経学会でエール大学の研究チームが『チンパンジーの前頭葉の一部を切ると凶暴性が収まる』と報告するのを聞いた。それを応用すれば、心の病に苦しむ患者を救うことができると考えたポルトガルの医師がいち早く人への応用に取り組んで、精神疾患を抱える患者二十人の脳を切ったと翌年の学会で発表すると、フリーマンは術式をさらに推し進め、前頭葉と視床の間の神経組織を切断する『ロボトミー』手術を生み出した。この術式は魔法の手術ともてはやされて大流行したが、その栄光の陰であまりにも多くの患者が、痛みや不安や凶暴性と引き換えに真の人生を奪われていたことがわかって、大問題となったのだ。

「だが、あれがなければ、頭の病気を外科的に治療するという発想自体が生まれなかった。いつの世も、最先端を走る者は迫害にさらされる」

早坂が強引にハンドルを切ったので、保は資料の束がこぼれ落ちないように押さえなければならなかった。

保が治療したいのは精神疾患ではなく、人を殺さずにいられない心の闇だ。人が人を殺すこと。そうした行為に快感を覚えること。興味を持って行動に移すこと。それは生まれもっての異常性や残虐性に起因するのか。衝撃の事件を目撃してから、保は悩み続けている。凄惨な現場に居合わせた理由を探している。あの惨状が誰の罪かを知りたいと願っている。

殺人者は生まれた時から殺人を好むか。そうではないと早坂は言う。どんなときでも、どんな状況におかれても、よりよい選択をできるのが人間で、そこに『よりよい選択』があることが重要なのだと。

シリアルキラーは、他人の命も自分の命も同様に価値がないと感じている。命の重みを実感できないから簡単に人を殺めて、徒に自殺行為を繰り返す。全米十七州で三百人以上を殺害したといわれるヘンリー・リー・ルーカスのように、『おまえは無価値で幸福になる資格がない』と教え込まれて殺人者になった者もいる。彼は虐待による頭部の損傷で、共感や同情を感じる脳の部分が機能低下していた。命もいらない、共感もない、呼吸するように人を殺す奴らを止めるには、どうしたらいい？

腫瘍ができた。一歩前進だ。こんな自分に、もしも、できることがあるのなら、あの子のような犠牲者を出さないためならば、保は喜んで生体実験の被験者になる。

早坂の車はやがて東大に着き、二人は脳の検査を委託した研究室へ向かった。

ＭＲＩの強調画像にポツンと影が映っている。それは保と早坂がピンポイントで狙った位置にある。直径二ミリ程度の影は不自然なほど丸かった。

「悪性ではないように見受けられますが、体調は如何ですか？　念の為にデータを医局へ送りましょうか？」

事情を知らない東大の研究員がそう訊いた。脳腫瘍の疑いがあると偽って、頭を画像に撮ってもらったからだ。

「体調は悪くありません。ぼくが自分で届けますから、データを頂けますか」

興奮が顔に出ないよう気をつけながら保は言った。早坂はポケットに手を入れて、食い入るように画像を見ている。ポケットの中の手は拳に握られているのだろう。

ハヤサカ・メンタルクリニックにも研究室はあるが、ＭＲＩのように高額で大きな機材はない。だから大学に検査を委託した。さらに脳波の検査もすれば、扁桃体に発生した腫れが感情の動きや危機回避能力にどのような影響を及ぼすのかがわかる。その場所は不安や恐怖などの情動を司っているからだ。

もう少し待って、と、保は死んだ少女に語る。

犯人たちは裁きを受ける。自分たちが何をしたのか、本当の意味で理解する。殺人を繰り返す者たちは、相手の痛みや苦しみに頓着しないばかりか、それに快感を覚えてしまう。のめり込んで次を求める。殺人行為が快楽になる。でも、もしも、切り刻まれる被害者の痛みを知ったなら、自分が同じ目に遭わされたなら、快楽が苦痛に変わったら、彼らは行為を繰り返せない。シリアルキラーの脳にそのスイッチを仕込むのが、保が考え出した『殺人を止める方法』だ。

「では、こちらをどうぞ。うちには元データがありますから――」

シャウカステンからフィルムを外して、研究員は保の脳の画像を渡してくれた。

「実は俺、まだ学生の頃に早坂先生の研究論文を読んだんですよ。感情や感覚が発達する乳児期にネグレクトで脳を発達させられず、思春期以降に後遺障害を引き起こす場合の治療法として、脳細胞に刺激を与えて不足した愛情体験を補完するという発想は、すごく新しいと思いました」

早坂は初めて研究員の顔を見た。

「それは嬉しいね」

「あの研究は進んでいますか？」

「様々なアプローチを模索している最中だよ。鑑別技官をしていると身につまされることも多くてね」

「そうなんですね。今回はお役に立てて光栄でした」

若い研究員と握手をし、早坂は保と一緒に部屋を出た。

早坂は研究員に黙っていたが、患者の脳に直接的なアプローチを試みるその治療法は、倫理面からクレームがついて頓挫した。早坂がロボトミーを悪と決めつけられない事情がここにある。脳神経外科の分野がいずれ新たな局面を迎えた時に、その道の第一人者となるのは自分たちかもしれないが、保は名誉に興味がなかった。

研究棟を出ると、構内の銀杏が夕日に輝いていた。建物脇の階段に腰を下ろして、白衣の女性がまったりと煙草をふかしている。古い煉瓦造りの医学棟では、時間が緩やかに進んで行くようだった。

ハヤサカ・メンタルクリニックのD診療室で、保は柏木晋平の捜査資料を読み込んだ。資質鑑別のための資料なので事件の全容が記されているわけではないが、遺体写真と死体検案書は添付されていて、少年たちが命乞いする間もなく殺害されたことはわかった。凶器は衣服ごと心臓もしくは肺動脈を貫通している。悪戯の痕跡はないものの、連続殺人に性的要因が関係していることは多いので、悪戯された被害者が別にいる可能性も否めない。

――心臓を刺さないと、襲ってくるから――

晋平の声が蘇る。

保は彼が夢中だったというホラーゲームを確かめた。それは海外製で、廃墟や地下坑道でクリーチャーと戦うシナリオだった。心臓以外を攻撃しても化け物は死なず、心臓を刺したときだけ霧散する。クリーチャーは手足が長く、頭部に牙だらけの口を持つ異様な姿で、アバターは少年だった。プレイヤーがアバターを選択できるシステムはなく、クリーチャーが少年に化ける設定もなかった。

保は椅子の背もたれに体を預けてメガネを外した。

「カメラアイの持ち主だから、見えないものを描いたはずないんだけどな……」

警察は供述調書をどう取って、彼の殺人をどのように判断したのだろう。晋平が描いた絵について、早坂はゲーム感覚で自身を俯瞰したと分析したが、そうであるならアバターの勇者は少年の姿をしていなければおかしい。

「何か変だ」

保は呟き、晋平の家族構成を確認した。

一家は両親と兄の四人家族で、父親は自動車整備士、母親は服飾関連のパート従業員、四歳違いの兄は体育系大学の学生となっている。

「……体育系……か」

未成年である晋平の素性は報道されていない。犯行の確定は被害少年と一緒に映った防犯カメラの映像と自白だが、犯行動機や、被害者がターゲットにされた理由、殺害方法の詳細などは手元の資料に書かれていない。保は殺人現場の写真を見た。被害少年はどちらも目を開けている。瞬時に心臓が破られて、恐怖が瞳に焼き付いている。フォトスタンドに目をやって、少女の死に様を思い出す。あの子も目を開けていた。

メガネを外して目頭を揉んだ。

背骨の裏側あたりに沸々と怒りが湧いて侵蝕してくる。こんなことは許されない。快楽のために子供を狩るなんて。それは人ではなく悪魔の所業だ。

晋平はむしろ被害少年のように華奢で頼りない。あんな子供が、こんな恐ろしい真似をしたのか。なぜそんなことができたのか。何が少年をそうさせたのか。

「資料だけではわからない」

保はパソコンを立ち上げて、スケジュールを確認した。

ここでは早坂の助手として小菅の東京拘置所へ受刑者の心のケアに通っているほか、クライアントも担当している。グループセラピーに参加したり、治療プログラムを組んだり、講習会に出たり、研究したりと多忙である。スケジュールを調べてフィールドワークに出られそうな時間を探す。行くべきは晋平の小学校、自宅と、事件の起きた暗渠などだ。必要な情報をスマホにまとめていると、『ピー、ピー』と内線電話が鳴った。保は慌て、せっかく打ち込んだ情報を消してしまった。

「うわ、やった……もしもし？　中島です」

受付スタッフが落ち着いた声で訊く。

「中島先生。クライアントの宇田川早苗さんからお電話が入っていますが、おつなぎしてもよろしいでしょうか？」

「宇田川さん？　どうしたんだろう……あの、お願いします。つないでください」

「では外線3番でお話しください」

点滅しているボタンを押した。

「中島です」

「突然すみません、宇田川です」

体調が悪くなったのではと心配したが、早苗の声には張りがある。

「宇田川さん、どうしました？」

「病気の話じゃないんです。むしろ個人的なお話で……あの、野比先生——」

病気はもともと個人的なものだけど、それより個人的な話なんかあっただろうか。

『野比先生』は、ドジさ加減と丸いメガネが『ドラえもん』に出てくる『野比のび太』に似ているからと、早苗がつけたニックネームだ。

「——私の結婚式に出てくれませんか」

「え？」

絶句した。

宇田川早苗は保が初めて担当したクライアントだ。レイプ被害に遭って過覚醒や自責の念に苛まれ、ＰＴＳＤ（心的外傷後ストレス障害）によるパニック発作を引き起こしていたのだが、幸いにも保と相性がよかったらしく、恋人ができるまでに快復してくれたのだ。

「野比先生、大丈夫ですか、聞こえています？」

「あ、はい。大丈夫。聞こえています」

慌てて受話器を落としそうになる。

「ごめん。ビックリして……ていうか、おめでとう」

ありがとうございます。と、早苗は笑った。

「前に話してくれた人だよね。ええと、プログラマーをしている、斉藤さん？」

「覚えていてくれたんですね」

「そうか……よかった……ほんとうによかった、おめでとう。ええとそれで、結婚式に、ぼくを招待してくれるんですか？」

「だって、野比先生がいなかったら、恋愛しようなんて気にならなかったですから。私たちにとっては、結婚式に一番出て欲しい人なんです。ご迷惑でしょうか」

「迷惑なんてそんな」

「じゃ、招待状をお持ちしてもいいですか？　文隆さんも喜びます。もちろん両親も」

「光栄です。おめでとう」

早苗は笑った。

「おめでとうが三度目ですよ」

「あれ、そうだっけ。どう言えばいいのか、嬉しい驚きで、ほんとに」

保は感動で泣きそうになり、洟を啜った。

「やだ、先生。泣かないで」

早苗もまた泣き笑いをしている。長く苦しかった彼女の日々が思い出される。今が幸せだからこそ向き合える真実もあるのだと思う。

「もしも先生に出会わなかったら……」

そして突然話を変えた。上を向き、涙を拭いながら笑う彼女が見える。

「ちょっと急だったんですけど、彼が中国支社へ異動することになったので、内輪だけで式を挙げて、一緒に行くんです」

新しい環境で新しい生活を始めることは、彼女にとっていいことだ。

「喜んで参列します。よかったね、宇田川さん。ほんとによかった。よかったね」

「はい」

次回のカウンセリングは招待状を持って二人で伺いますと早苗は言って、通話を終えた。保はゴシゴシと涙を拭いた。

会ったばかりの頃、宇田川早苗は表情もなく、だるそうで、苦しげで、無気力で、彼女自身を憎んでいた。なぜ危険を回避できなかったのか、なぜレイプを拒めなかったのか、なぜ、なぜ……積み重なる『なぜ』はすべて彼女に向けられて、他人はおろか自分のことも信じられなくなり、恐怖の瞬間がフラッシュバックし、希死念慮に苦しめられていた。投薬治療でパニック障害を抑えても、レイプ被害に遭った自分を許せずに自己を肯定する能力を失っていた。犯人を許せないので被害届を出して訴えると息巻いたかと思えば、すぐに訴えを取り下げるなど混乱もした。自己嫌悪に苛まれ、ますます自己嫌悪に陥るという負のループ。あなたは何も悪くない、悪いのは犯人だと言葉にするのは容易(たやす)いが、早苗自身がそれを受け止めるのは容易でなかった。

保は会社を辞めて実家へ戻ることを勧め、身体が癒(い)やされ、心が現実を受け入れるまで辛抱強く話を聞いた……初めて笑顔を見せてくれたのは、いつだっけ。

「そうか……結婚するんだ」

そしてまた泣きそうになる。結婚相手には何もかも話したと早苗は言った。そのことでも随分悩んだが、それで終わる恋なら諦(あきら)めようと思って告白したら、婚約者は丸ごと受け入れてくれ、今はもう、ほとんどフラッシュバックが起きないらしい。

「よかった……おめでとう。宇田川さん」

早苗が被ったショックと苦しみ、乗り越えるために払わなければならなかった本当の犠牲、その道のりを知っているからこそ、保は嬉しい。

そうなんだ。人は、こんなふうに、また人生を取り戻すことができるんだ。

「ありがとう」

そう言ってイチゴキャンディーの包み紙を見る。

ぼく自身はどうだろう。事件以前の人生を取り戻すことができるのか。それは無理だと考える。以前のぼくに戻っていいはずがない。あの子の死が、薄汚い欲望のためだけであっては、決してならない。変わらなきゃ。殺人犯を変えなきゃダメだ。

保は立ち上がる。スマホに打ち込んだデータは飛ばしたが、内容はすべて頭にインプットできていた。

三件の凶行は、晋平が通っていた小学校近くにある河川排水用の同一暗渠内で起きていた。その川は住宅地の中にあり、通学路の脇を流れている。護岸はコンクリートで固められ、水位は低く、泥色の水に川床のブロックが透けている。

川に沿って歩いていくと、道路脇に幅三十センチほどの河川管理用階段を見つけた。少年たちはその階段を下りて水のない川縁（かわべり）を数メートル歩き、ぽっかりと口を開けた排水用の暗渠（あんきょ）へ侵入したのだ。暗渠は縦横五メートルほどの正方形で、排水溝の両側が通路のように高くなっている。照明はないが、天井のグレーチングから光が射し込むので真っ暗ではない。壁はコンクリートブロックで、光が当たる場所にだけ雑草が生えている。グレーチングの影と光がベールのようで、空想好きな少年が冒険するには手近な場所と言えるだろう。

少し歩くと脇道があった。脇道は直径二メートルほどの丸い土管で、三人目の被害者が殺されていた場所に似ている。保は万年リュックを漁(あさ)って捜査資料を取り出した。やはり三人目は丸い土管で、二人目の被害者は両脇に通路がある水路で死んでいる。振り返ると、四角い暗渠入口の奥に川が見えた。

「もっと奥だな」

呟(つぶや)いてから先へ進んだ。歩き始めて気がついたのだが、天井にグレーチングがない場所はけっこう暗い。小学生を冒険に誘うつもりなら懐中電灯が必要だ。ゲームと現実の区別がつかなくなっていたとして、懐中電灯まで用意したなら計画的な犯行か、下見していたということではないか。もちろんだ。三人も殺しているわけだから。

「でも」と、保は足を止める。

「それは晋平くんのイメージと結びつかない」

資質鑑別の面談が演技だったとは思えない。演技ならもっと上手にやるはずだ。

メガネを掛け直して天井を見ると、土管の内壁はきれいなもので、五メートル四方の暗渠の内部も想像したほど汚れていない。水は水深三センチほどで、ドブネズミの影もない。もっと陰惨な雰囲気が漂っているかと思ったが、日中に見る限りは、確かに子供が秘密基地にしたそうな空間ではあった。

真っ暗というほどでもないのでそのまま進み、別の暗渠と合流する場所に出た。

来た道は薄暗い程度だったが、合流した暗渠の先は真っ暗で、ずっと向こうに光が落ちている。貯水槽があるのか、水面が光を弾いて壁や天井に美しい波紋が揺れていた。ここだ、と保は直感した。事件現場の写真を出して見比べる。

そして犯行がどのように行われたのかを推測した。

秘密の場所へ誘われて、小学生は犯人の後ろをついてきた。微かな水音を聞きながら明るい場所と暗い場所を歩いてくると、ここで前方に光が降り注いでいるのを見る。天井が抜けて、壁に波紋が揺れている。感動して走り出す。

保は犯人を差し置いて飛び出して行く小学生を想像した。その時だ。犯人はランドセルに手をかけて……保は振り向き、写真で死体を確認した。

まったく同じ、この場所だ。

犯人はランドセルを摑んで仰向けに引き倒し、馬乗りになって心臓を刺した。ほんの一瞬のことだろう。被害者は何が起きたかわからなかったかもしれない。

「そんなことが……」

できただろうかと保は思った。架空の子供に手を掛けて引き倒し、正面に回って馬乗りになって、迷うことなく心臓を突く。心臓は肋骨（ろっこつ）と肋軟骨（ろくなんこつ）に守られている。一刺しで貫くためには凄（すさ）まじい殺意と力が必要だ。大人の自分なら可能かもしれないが、一瞬でそれをするには訓練がいるだろう。座布団で練習したとしても、小柄で華奢（きゃしゃ）な晋平にそれができたとは思えない。

保は振り返って波紋を見上げた。晋平が絵に描いたゆらゆらはこれだ。それにこの場所は不気味じゃない。怪物を恐れるには相応（ふさわ）しくない。土管でできた横穴のほうがずっと不気味だ。

——神殿——

晋平はここを『神殿』と呼んだ。薄暗い暗渠を抜けてきて、前方に拓（ひら）けた場所があり、満々と水が見え、光が降り注ぎ、壁に波紋が揺れている。確かにここは神殿で、『怪物』と『勇者』がいたのだろう。

——（怪物は）正体を現さない……死んだら消える、煙みたいに——

保は手のひらを見た。足下に死体があると想像してみる。通路を駆けて行こうとした小学生は引き倒されて水の中。馬乗りになった犯人は立ち上がって足下に。晋平の絵もそうなっていた。小学生は足を神殿に向けていて、犯人は立ち上がってナイフを引き抜いたところであった。刃先が血に濡れ、それを俯瞰している晋平の目線は……保は通路を下りて水に入り、後ずさって神殿を見た。晋平は……。

「ここから見ていた」

と、保は言った。

カメラアイは通路の幅や坑道の形状、死体やその状態を正確に描写する。

「想像じゃない。晋平くんは『勇者』を見たんだ。勇者が怪物を殺すのを」

保はさらに想像した。

「殺人現場に居合わせた……それで、晋平くんは、どうなった？」

パニックを起こしたはずだ。そしてどうなる。彼の叫びは暗渠に響く。獣のような雄叫びだ。その声は坑内を走って、もしかしたら、外に聞こえる。

「だから勇者は嘘を言った……本物じゃない。怪物が化けていたんだと。煙のように消えてしまうと……」

足下を見る。一人目の遺体は増水で流れ出るまでどこかにあった。三人目は丸い土管の中だった。晋平が描いたのは、一人目か、二人目の犠牲者だ。

「晋平くんは殺人を見た。そして独りで確かめに来た。でも怪物は消えていなかった。勇者は消えると言っていたのに、消えなかった」

二人目と三人目は事件の間隔が短くて、同時に発見されている。

「なぜ、ここだったんだろう」

靴に水が染みこんできたのに、保は気にも留めなかった。メガネを外して髪を掻き上げ、再びメガネをして、周囲を見渡す。殺人の間隔が狭まったのは、犯人が犯行に自信をつけたからだ。一人目が発見されず、殺人であることもわからなかったから、またできると思ったのだ。晋平にも殺人を見せた。

なぜ？　晋平自身が三件の殺人を自供しているのも妙だ。

「……勇者は、どうして晋平くんをここに連れてきたんだろう」

晋平が描いたのは殺人直後の様子であった。死体は消えると言った直後にクレヨンで塗りつぶしている。消えなかった死体を消そうとしたのだ。

「晋平くんは理解していた。ゲームと混同したわけじゃない」

絵を塗りつぶす晋平の、鬼気迫る様子を思い出す。

「罪悪感だ。自分が悪いと思っているんだ。だから犯行を自供した……どうして……」

壁に波紋が揺れている。二人目の殺人は昨年の暮れ。冬ならば壁に波紋が現れるのはほんの短い間だろう。学校帰りの子供を待ち伏せできる人物。晋平くんを操れる人物。それはいったい誰だろう？　早坂の言葉が蘇る。

——（家庭用のペティナイフにゴムを巻き）学習机に隠してあった。座布団をヒモでグルグル巻きにして、心臓を突き刺す練習をしていたようだ——

「あ」

保は頭に手をやって、

「一人しかいないじゃないか」

と自分に言った。そして通路に飛び乗ると、来たほうへ一目散に駆け出した。水を吸った靴がぐしょぐしょ鳴って、重さで脱げそうになりながら、息せき切って暗渠を出るとき、頭の後ろで声がした。

——なんで助けてくれなかったの？——

ギョッとして足を止め、坑道を振り返る。

遠くにグレーチングの光があって、保が立っている場所との間には闇がある。その闇に、小さな子供が立っていた。少年ではなく、少女である。小学生ではなく、もっと小さい。保の心臓がドクンと鳴った。

——なんで助けてくれなかったの？——

誰の声か、保にはわかった。少女は白い靄のよう。けれど保には見える気がした。その子は裸で、手足に釘が刺さっていて、喉は飴で変形し、腹部は……

「ハッ」

一瞬、ひき付けたように呼吸した。そのとたん、幻影はどこかへ消えた。

なんで助けてくれなかったの？　言葉だけが追いかけてくる。

保は動けず、身体が震え、足下から寒さが襲ってきて目眩がした。腫瘍の場所がズキズキ疼き、心臓が痛んだ。

ごめん。本当にごめん。幻がいた空間から視線を動かすことができない。サラサラと川が鳴り、風が吹き、どこからか生きている子供たちの歓声が聞こえた。ここで殺人があったことなど知らぬかのように、生きている子供たちは笑っていた。


早坂と保が行う『潜入』は、語らぬ当事者の気持ちを保が代弁するために必要な行為だ。知りうる限りの資料から本人を読み解き、保自身が本人になって、そのとき起こったことを体感する。ヒプノセラピストである早坂の催眠技術で他者になり、経験を共有するのだが、共感力の高い保なら、いずれは援助なしに被験者を投影できるようになるはずだと、早坂は思っている。

潜入行為の利点は当事者の主観に依らず事実を把握できることで、その結果を踏まえてセラピーのプログラムを組み立てる。また別に、常人には理解不能な行為や行動にどんな理由があるのかを知ることも可能で、保自身はそちらに注目している。

なぜならば、冷酷無惨な殺人現場に遭遇したあの日から、犯人はなぜあんなことができたのだろうと、保自身が悩み続けているからだ。答えを知らずにはいられない。あんなことが現実に起きると知ってしまった瞬間から、世界は安全でなくなった。ものの見え方が変化して、その裏側を探ってしまう。心が疲弊し、血が凍る。でも、知れば、犯人の心に何が起き、どうしてそうなったかを知るのなら、安心できる。保は知りたい。犯人は特殊な人間だったと思いたい。そして原因を知るのなら、二度と惨劇を起こさずに済むはずだ。原因を取り除き、犯罪を未然に防ぐ。凄惨な現場を目撃した自分の、それが使命だと保は思う。

「準備はいいかね？」

早坂が独特のテノールで訊く。保のD診療室で、保自身がクライアント用のソファに掛け、早坂はその脇にいる。

診療時間後の午後七時過ぎ。ほかの医師や職員は帰宅した。室内には間接照明が灯り、縦型のブラインドはわずかに開いて、隙間から月が見えている。静かな夜で、リラックスした雰囲気が漂っている。保は今から意識下で、三人の小学生が殺害された暗渠（あんきょ）に入る。犯人としてではなく、被害者として入るのだ。

　暗渠を探索した結果、保が下した犯人像は晋平と乖離（かいり）した。自宅で心臓を刺す練習をして、滑りにくいよう凶器に細工してあったとしても、晋平にあの殺人は不可能だ。だから潜入して真実を知らねばならない。もしも推測通りなら、今後も殺戮（さつりく）が続く怖れがあるからだ。

　早坂と相談した結果、第二の殺人で被害者となった小学四年生の少年に潜入することにした。少年の名前は金井裕弥（かないゆうや）。十歳になったばかりであった。ゲーム好きで、晋平とは学区が違っていたが、晋平の兄がボランティアで教えている体育教室の生徒で、晋平とも兄とも面識があった。

「大丈夫です。始めて下さい」

　裕弥少年の生前の姿を思い描く。少年が好きだった冒険ゲーム、小柄でかわいらしい顔つきやキラキラした目。事件当日着ていた服やランドセル、水に浸（つ）かったスニーカー……それを自分に重ねていく。

「季節は冬だ。事件当日の時間割は五校時で、下校は午後二時半だった」

　その時の外気温、その時の日射し、その時のあの場所を思い浮かべる。

「きみは川のそばを歩いている。いつも一緒に帰る友だちより一足先に学校を出た。

誰かと約束していたからだ」

身を切るほど冷たい風ではなかった。保はあの川縁を、息せき切って駆けていた。小学四年生の男の子。ゲームが好きで、冒険が好き。友だちを振り切って下校したのはスペシャルな予定があったから。少年はゲームの世界で尊敬できる人物と知り合った。警察は晋平のパソコンからその痕跡を見つけている。少年はバーチャル世界の『魂』から、本物の冒険に誘われて舞い上がっていた。川縁で晋平と会って、現場へ向かう。そのときの二人の姿が防犯カメラに残されていた。川に沿って歩いて行くと、階段のすぐそばで大柄の人物が待っている。『勇者』だ。

地下神殿の案内人、バーチャル世界の『師匠』で体育教室の『先生』だ。

――約束どおり、一人で来たね――

話す言葉すら手に取るようだ。保は少年に潜入した。一対一ではないことが、少年に安心感を与えた。晋平は友だちで、勇者とも面識があったから。

「あ」

保は小さく呟いた。だとすれば、晋平は最初の犯行から立ち会っていたのだろう。面談でも思ったが、晋平と被害者たちはタイプが似ている。それが犯行動機なら……胸の裏側にモヤモヤと、どす黒い感覚が湧き上がる。犯人の思惑がわかりそうだ。

管理用の階段で川に下り、暗渠に入った。足下を流れる水と、暗闇と、ときどき射し込む天井の光は弱い。四角い坑道と丸い脇道。そこで一人目が殺されていたことを少年は知る由もない。冒険にワクワクするのは仲間と一緒にいるからだ。先頭を行くのは晋平だ。もしかしたら『神殿』は、晋平が先に見つけて秘密基地にしていたのかもしれない。だから晋平は怖がっていない。内部を熟知しているからだ。

少年のほうはそうはいかない。オドオドと周囲を見回している。怖くなって逃げださないよう、犯人は饒舌に喋り続ける。神殿と勇者について。それはゲームの話だが、同時に晋平を納得させる手段でもある。これから何が起きるか晋平は知っている。

知っていたから罪を告白したのだ。殺人を告白したわけじゃない。

前方に暗渠の終わりが見えてくる。貯水池とつながる場所だ。冬の日射しは心許なく、壁に波紋は現れない。あれが『神殿』だ。池もあるよと犯人は言う。

前方に注意を向けさせる。そして背後からランドセルを掴んで引き倒す。背中がバウンドして尻が濡れ、少年があっと思ったときには馬乗りになられている。振りかざした凶器が光り、心臓に突き刺さる。

「はっ」と、呼吸が速くなる。

悲鳴を上げることもなく、少年は絶命した。

見開いた目に映るのは天井だけだ。保は意識下でその後の光景を見続ける。少年の心臓から凶器を抜くと、血しぶきは一直線に飛んで犯人の顔にかかった。少年は痙攣し、心臓が何度か血を吐いて、動かなくなる。興奮に光る殺人者の目。晋平は爪を噛んでいる。

いいんだ。これは友だちに化けたクリーチャーだから。

そう言って犯人は自慰をする。晋平は背中を丸めて怯えている。

なんてことだ……保の心は怒りに震える。そうだったのか。晋平くんの身体にあった傷跡は……そうだったのか……『ここに来てからは一度もないです』と、教官は言った。あれは自傷行為じゃなかった。

晋平は泣いている。自分のせいだと知っている。体にあった無数の傷跡、それは凶器の傷跡だ。犯人が殺したいのは、本当に殺したかったのは……。

「はうっ！」

と激しく呼吸して、保はこちらへ戻って来た。心拍数が異常に上がり、そのくせ顔は真っ青だ。意識が自分に戻っても、頭の中では声がしていた。

――なんで助けてくれなかったの？――

それは金井裕弥の声でもあった。保は咳き込み、手の甲で唇を拭った。

「どうした。大丈夫か、何か見たかね？」

早坂が訊いてくる。

「晋平くんは犯人じゃありません。院長も気付いておられるはずでは」

意外にも早坂は頷いた。

「わかっていて、このままにしておくんですか？」

「証拠がないよ。それに彼は起訴されて、すでに犯人と確定している」

勾留中に次の犯行が起きない限り判決は覆らない、と早坂は言った。

「知ってたんですか？　はじめから」

「はじめからではない。資質鑑別をしていて思ったことだ。思っただけで確信もなかった。中島くんがそう言うまではね。きみは誰が犯人だと思うんだ？」

心臓はまだドキドキと打っている。潜入した少年は死んだのに、保の心臓は動き続けて、戦いている。事件がなぜ起きたか理解したのだ。

「兄です。晋平くんと同居の兄、彼が犯人だと思います」

「ほう」

早坂はニタリと笑った。

「凶器や、犯行の練習をした座布団などを仕込めたからかね？」

「それだけじゃなくて、動機がある」

保はソファに身体を起こし、早坂から逃れるように立ち上がった。部屋の隅に置かれたコーヒーメーカーの前へ行き、コーヒーではなく水を汲んで、一気に飲み干す。晋平の身体にあった無数の傷を思い出していた。

「院長がぼくに、彼の家庭を調べろと言ったのは、それがあったからですか」

「それとはなんだね」

保は早坂を振り向いた。

「晋平くんの学校や、保育園へも行ってみました。彼の両親は再婚ですね。お兄さんは父親の連れ子で、晋平くんは両親の子供。二人が結婚したのはお兄さんが三歳のときです」

保はデスクのパソコンを立ち上げた。彼について調べたことがまとめてある。

「お兄さんは身長が一八〇センチと大柄で、父親の代わりに晋平くんの保護者として運動会や育成会、少年活動にも参加している。ボランティアで地域の少年たちの面倒をみて、被害者たちとも接点があります。院長、晋平くんの身体にあった無数の傷は、自傷行為ではなく、性的虐待によるものでは」

早坂は眉をひそめた。

「兄がやったと言うのかね？」

「両親は、敢（あ）えて知ろうとしなかったのかもしれない。弟の面倒をよく見るできた兄だと思いたくて。被害にあった小学生は晋平くんに似ています。小さくて自在に溺愛（できあい）できた弟が思春期を迎えて自我に目覚める。自身は進学して環境が変わる。そのことがストレスになって強い不安を呼び、精神的にも晋平くんを支配する必要があったんです。だから似た子を選んで弟の代わりに殺した。弟の目の前で」

「晋平くんの身代わりにした。興味深い発想だが、どうしてそう思うのかね」

「性器に虐待の跡がある。被害者は三人とも少年ですが、性的虐待の跡はない。それは晋平くんがそこにいて、犯人の欲求を満たしたからです。死体には用がなかった。犯人は晋平くんに殺人行為を見せることで、自分がこんなことをするのはおまえのせいだと晋平くんに吹き込んだ。おまえが成長したのが悪い。成長し、手に余るようになったのが悪い。だから晋平くんは自供した。三人とも自分のせいで死んだと言うほかなかった。絵を塗りつぶしたのは願望です。あんなふうに、すべてを消してしまいたかった。晋平くんに知的障害はないのかも。常に兄がそばにいて、彼の思考や行動を制御していたのかも」

「ううむ」

と唸って、早坂は顎に手を置いた。

「そうか……それなら説明がつく。あの絵には自分自身が描かれていなかったということか」

「あれは最初の殺人を描いたものでした。潜入したら、波紋はなかった。二人目以降の犯行は冬なので、太陽は上から射し込まない。壁に波紋は浮かばないんです」

「三回とも見させられたと言うのかね」

「弟を三回殺した妄想で性的な興奮を得た。晋平くんは兄の異常性を理解して、素直に犯行を認めたのかもしれません。犯人と思われようと、どうでもよかった。自分のせいで誰かが死ぬのは耐えられなかった。兄から逃れたい気持ちもあった」

「兄は性的サディストか……」

早坂は小指と薬指で額を掻いた。

「逮捕されるべきは兄のほうです。晋平くんがいなくなり、やがて欲求が爆発しますよ……警察に」

「無駄だよ」

「どうして」

「証拠がない。『潜入』も資質鑑別も証拠ではないし、我々が話し合っていることも憶測に過ぎない。本人が犯行を認めているんだからね」

「では放っておくんですか？　このケースは止まりませんよ。また犠牲者が出ます」

早坂は立ち上がり、じっと保を見て言った。

「我々で止めようじゃないか」

「え」

「その男は性的サディストで殺人者だよ。殺人による刺激と快楽を知って渇望している。事件のことを繰り返し頭でトレースし、快感を得てもいる。その脳にスイッチを仕込めばどうなる？」

潜入時に突かれた心臓が、キュッと縮んで痛みを感じた。

保は呼吸が苦しくなって、水を飲んだカップを強く握った。

「中島くん。装置をさらに小型化しよう。もっと簡単に、ピンポイントで腫瘍を発生させられるように改良してくれ。できれば被験者に気取られず、直接頭部に触れられるものがいい。そうだな、たとえば帽子とか……」

早坂はさらに考えて、言った。

「だけど、一ミリずれれば効果は出ないからね、狙って使えるという点では、もっとダイレクトに狙えるものがいいんだなあ……遠くからでは外れるからね」

早坂の背後、さっきまで保が横たわっていたソファに女の子が座っている。口いっぱいに飴玉を詰め込んで、頬を涙で汚したままで。

——なんで助けてくれなかったの？——

少女はまたもそう訊いた。ごめん。保は目を閉じ、呼吸しようと試みる。シリアルキラーにとって殺人は快楽だ。被害者や家族の痛みや悲しみを慮ることはない。同情も、反省もない。

「興奮や快楽が痛みに変われば、殺人行為を思い出したり人を殺したくなったりするたび苦痛を味わうことになる。人を殺したいなんて二度と思わなくなるはずだ。異常快楽殺人鬼に足枷を付けるんだ。画期的だ。そうだろう」

酔ったような声で早坂が言ったとき、少女の姿は消えていた。

第二章　恋人を燃やす男

どんな場所でも狙って使えるという点では、指輪のような形状がいいだろう。

早坂から指令を受けて一週間後。保は狙った部分に腫瘍を発生させる装置の効果を試していた。ヒトの脳の重さは体重の約二パーセント。ホルマリン固定脳を実験に使って、腫瘍を発生させる位置を確かめながら命中率を高めていく。体格が違う人物の扁桃体(へんとうたい)を推定で狙うためには、衝撃波を受ける受容機が必要だ。早坂が最初に言っていたように、本人の帽子に細工できればそれが一番確実なのだが。

装置は銀の指輪型。発生源と受容機を別々に作れば攻撃を一度で終えることができると気がついた。照射機を指輪、受容機はマイクロフィルムにすればよい。

テーブルにメスと消毒液と医療用テープを揃えると、保はハンカチを巻いたペンを噛(か)み、保冷剤で冷やした左手のひらを消毒した。

時刻は午前零時を過ぎて、時折バイクの騒音が夜のしじまを切り裂いていく。

例の事件でアパートを契約し損ねたあとは、長い入院生活を余儀なくされた。そのとき主治医となった早坂が、研究を手伝うことを条件に提供してくれたクリニックの寮に保はいる。二間の一室を研究室として、様々な工具や器具を置いている。

「はあ……」

天井を向いて覚悟を決めると、保は手のひらをメスで十字に切開した。表層を切っただけでも血は流れ、痛みを感じる。これでこんなに痛いなら、床板に釘で打ち付けられたあの子の恐怖と苦しみは想像を絶する。

脱脂綿で血を拭い、フィルムを埋め込んだ。めくった皮膚を元に戻して消毒し、傷口を医療用テープで固定した。包帯でグルグル巻きにして、あとは皮膚の生成を待てばいい。施術を終えて咥えていたペンをテーブルに置き、保は痛みを味わった。

何をしようとしているんだろう。誰であれ、人に痛みや苦しみを与えようと思ったことなど一度もなかった。あんな現場を見るまでは。あんなことができる人間がこの世にいると知るまでは。ぼくはいったい、何をしようとしているんだろう。

保は心で自分に訊いた。

他人の痛みや苦しみを快楽とする者は、その欲求の奴隷になる。慣れで技術は向上し、狡猾になり、運良く逮捕されるまで犯行を止めない。戦利品を持ち帰り、もしくはすれ違う人に犯行シーンを重ねて妄想し、その瞬間を反芻して楽しむ。

そのとき活発になる脳の部分はわかっている。だからそこに腫れを作って伝達回路をねじ曲げる。欲求と渇望が起きたとき、快感の代わりに痛みと苦しみが伝達されるように操作するのだ。腫れは繰り返す刺激で腫瘍に変わり、彼らを苛む。

「動物を調教するみたいだな」

保は悲しい声で言い、包帯を巻いた手のひらを見た。言葉で言っても理解できない相手には、条件反射で教え込む。その相手が人だということが、保自身を苦しめる。

――ヒトじゃない――

頭の中で少女が喋る。

――人はあんな酷いことしない。人の姿をした悪魔だよ――

――正体はクリーチャー。死んだら消える、煙みたいに――

保は強くこめかみを揉む。口に飴玉を詰め込まれた少女の顔が、暗渠で殺された少年に重なっていく。立てかけられた畳、内臓に咲いた黒い花、水に浸かったランドセル、見開かれた死者の目と、悲鳴も上げられなくなった口。

生きている自分には使命がある。二度とあんなことをさせないために彼らに教える。殺人者は自ら破滅のスイッチを押すのだと。そうすれば、他人の痛みには無頓着でも自分の痛みに臆病な犯罪予備軍を止められる。邪な渇望を求める者はこうなるんだぞと見せしめることで、シリアルキラーはいなくなる。

まるでＳＦの世界だと、保も最初はそう考えた。でも早坂はこう言った。

人は行動の前に諦めようとするが、荒唐無稽と不可能はイコールじゃない。本気で挑んだ者だけが世界を変えてきたんだよ。脳に仕込んだスイッチは異常な渇望を覚えない限り押されないから、人殺しを悦ぶ異常者だけが、自らそれをＯＮにするんだ。画期的だ。そうだろう。

それが神の声でないことは、保自身が知っている。許可なく他人の脳を操作するなんて……犯罪者を止めるため、自分も犯罪者になるのだと、保は思った。

診療室の窓からは、向かいの公園が見下ろせる。空は爽やかに澄み渡り、ヒツジ雲が何匹も空を飛ぶ。もしも窓を開けられたなら、秋風が気持ちいいだろう。

内線電話がピーと鳴り、受付スタッフの声がした。

——中島先生。宇田川早苗さんがお見えです。お通ししてもよろしいですか——

お願いしますと電話に答え、保は立ってドアの前へ行く。

早苗は自立し、もうカウンセリングの必要はない。早苗のように幸福を摑んで去って行ける患者は少なくて、一生の付き合いになることも多いのがこの世界だ。ノックを待って、ドアを開けると、撫子色のワンピースを着た早苗がラフな服装の婚約者と並んで立っていた。

「あ、驚いた。ドアが開くから……」

「ようこそ。お待ちしてました」

保は微笑んで二人を通し、ゆっくり静かにドアを閉めた。

「野比先生、その手はどうされたんですか？」

早苗が痛々しげに眉をひそめたので、保は思わず左手を庇った。

「ああ、ほら、ぼくはおっちょこちょいだから……大したケガじゃない」

ブラインドを開けてあるので、窓に青い空とヒツジ雲が見える。眼下に公園の樹が揺れて、飛行機が飛んでいく。早苗たちが立ったままなので、保は診療用のソファを勧めた。「その前に」と早苗が言う。

「野比先生。紹介しますね、彼が婚約者の」

「斉藤文隆です。彼女がお世話になってます」

「中島保です。このたびはおめでとうございます」

名刺を渡すと斉藤が早苗を振り向いた。

「え？　野比先生じゃ」

早苗が笑う。

「野比先生は本名じゃないの。私が勝手にそう呼んでいるだけ。だって、ほら」

斉藤は長めの前髪に丸メガネの保をマジマジと見て、

「あ、それでか」と頷いた。

「『ドラえもん』の『のび太くん』に似ているからか」

「だけじゃなく、ぼくも相当なおっちょこちょいで」

「私はそこがよかったの。野比先生は一緒にいると安心できて、何を話しても拒絶されない気がしたの」

斉藤は苦笑した。

「なんか、告白を聞いてるみたいで複雑な心境になりますが」

「そんなことはないですよ」

保が真っ赤になってうろたえたので、斉藤と早苗は声を上げて笑った。

「いえ、責めてるんじゃないですよ、心理学者の先生って、もっと、こう」

「わかる。インテリでお堅い感じと思うよね？　院長先生はそんなタイプよ」

早苗はバッグに手を入れて、白い封筒を恭しく保に差し出した。

「私たちの結婚式の招待状です。ぜひ、いらしてくださいね」

二人揃って頭を下げる。

「ありがとう。すごく楽しみだな」

保は二人をソファに誘い、招待状をデスクに載せた。

ついに幸せを手に入れた早苗は、内側から光り輝くようだった。会話の途中で二人は何度も視線を交わす。互いを信頼し、尊重している二人なら、どこへ行っても、どんな場所でも、きっと幸せな家庭を築くだろう。この美しい女性が二度と悲しむことがないように、誰からも傷つけられずに光の中を歩いていけるようにと願う。傷ついて、闘いながら、ついに長いトンネルを抜けた早苗は、保の宝で、自信であった。

ごく短い会話を終えると、二人は診療室を出て行った。これから式場でウエディングドレスを選ぶのだという。

「うわ……緊張しますね」

保が言うと、

「わりとそうですよね。俺の方が緊張しちゃって」

斉藤が囁（ささや）いた。

どんなドレスも、きっと早苗に似合うはず。保は斉藤と握手を交わした。

「ご招待ありがとうございます」

「両親も、野比先生にはぜひお礼を言いたいって。式の時はお酌に回って五月蠅いかもしれませんから、先に謝っておきますね」

輝くような笑顔を見せて二人が帰っていくのをドアの近くで見送りながら、この仕事を選んでよかったと保は思った。


部屋へ戻ると内線電話が鳴っていた。

受付ではなく院長室が点滅している。

「中島です」電話に出ると、

「ちょっといいかね?」

と、院長が訊いた。保は早坂の部屋へ向かった。

院長室は診療室の脇に書斎がついた造りである。書斎は狭く、換気用の細長い窓から摩天楼が遠望できる。窓以外の壁は一面が本棚で、ゆったりした造りの院内では異質の狭苦しい空間だ。早坂はこの部屋で研究をまとめ、それを論文に書いている。ここへ呼ばれるということはプライベートな話があるのだ。デスクに掛けた早坂は、二人用カフェテーブルの椅子に座るよう保に言った。

「宇田川早苗さんが来ていたそうだね」

「はい。結婚が決まったそうで」

「それはよかった。きみもずいぶん頑張ったからね」

保は前髪を掻き上げた。

「頑張ったのは彼女です」

「長く関わってきたから、寂しい気持ちもあるだろう」

「いえ。むしろありがたいと思っています。あんな目に遭っても人は幸せになれるんだと、教えてもらってほんとによかった……婚約者の斉藤さんもいい人でした」

早坂は自分のデスクでカルテを開き、保の顔を見ずに訊く。

「手は痛むかね？」

マイクロフィルムを埋め込んだことを知っているのだ。指輪も完成しているが、保はまだそれを指にはめる気になれずにいる。

「違和感がありますが、それもすぐに慣れるでしょう」

正義を行うのに後ろめたいのはなぜだろう。本気で挑んだ者だけが世界を変えてきたと早坂は言うが、その者たちは他者を顧みない一面を持っていたではないか。己の道のみを邁進する独裁者にも似た一面を。

「ホッとしているところを恐縮だがね、例の被験者に適任と思しき男がいるんだ。交際相手への暴行及び傷害罪で起訴された人物なんだが、タイプとしては『暴力型』のソシオパスだと思う。自己評価が低く、パートナーを貶めることで充足感を得る。本人が鬱病を主張して更生プログラムを受けることになったんだが、双極性障害が引き起こす暴力とは根本的に違っているし、グループセラピーを受けさせても周囲に悪影響を与えてしまってね。彼のようなタイプは更生が難しい。カウンセリングを予定しているから、会ってみてくれないか」

早坂の会ってみるは、例の実験を試してみたいという意味だ。

保が答えられずにいると、「これが資料ね」と、早坂はカルテを出した。カルテには被害女性の診断書がついていて、複数枚の写真が添付されていた。虐待の跡は服を着てしまうと発見しにくい腹部や背中に集中している。新旧の痣が混在するのは傷ついて痛む場所を狙って攻撃したからだ。

「サディストの傾向があるんですね」

保はカルテをめくり、そして信じられないものを見た。生々しい火傷の写真だ。何をどうやったらこんな傷が生じるというのか、太ももの内側に細長く不定型な傷跡がある。皮膚は爛れて真っ赤にえぐれ、周囲が水疱状になっている。

「これは……いったい何をどうしたら」

「ライターオイルを垂らして火を点けたんだ」

保は頭を殴られたような気がした。

「恋人に火を点けた？」

「それだけじゃない。彼女は運良く逃げ出せたがね、犬の首輪で拘束されることもあったというんだ。逃げられてよかった。殺されていたかもしれないんだから」

眉間に縦皺を刻んで早坂を見る。

「なのに執行猶予なんですか」

「慰謝料の支払いに被害者が応じたんだよ。金を出したのは加害者ではなく新しい恋人のようだがね。こんな男がなぜモテる？　男と女は謎だらけだな」

「新しい恋人も被害に遭うのでは」

「可能性はあるだろう。だからこそ」

早坂が包帯に視線を落とす。保は薄く唇を嚙んだ。

「わかりました……彼と会いましょう」

「よかった。ときに、装置の進み具合はどうなっている？　小型化できたと言っていたが」

「指輪にしました。傷が塞がったら試します」

「ま、そう焦ることもない。彼の場合はカウンセリングをここでするから、きみに試した方法でいけそうだしね」

そう言って早坂は診療室のほうを見た。保の脳に腫瘍を発生させた装置は間接照明に仕込むことが可能だ。被験者を診療用のソファに掛けさせて、三方向から照射をすれば、扁桃体に小さな腫れができ、場合によって腫瘍になるのだ。

男の名前は笹岡次郎。齢は三十七歳だ。

保は早坂からカルテを受け取り、笹岡の現住所を見た。

彼が犯した非道な行為だけでなく、暮らしている環境や、彼がそのような行動に出てしまう理由をこそ知らねばならない。保の望みは報復ではなく、非道な行為の根絶だからだ。

笹岡次郎は八王子市の外れに住んでいる。

交通の便が悪く、そこへ行くには駅からタクシーを拾わなければならなかった。町には寂れた商店が少しあるだけで、昭和初期に迷い込んだかのような雰囲気が漂っている。人影も、バス停もなく、再びタクシーを拾うにも難儀しそうで、帰りの足を確保するため、保は二時間後に同じ場所へ迎えに来てもらいたいと運転手に話し、小さな教会の前で車を降りた。空は鈍色で、細かな雨が降っている。教会の壁はスタッコ仕上げで、十字架を立てた尖塔が、そぼ降る雨に煙っていた。生憎の天気だが、笹岡の面会日が迫っているので贅沢は言っていられない。傘をさす。

左手の傷は瘡蓋になり、右手の中指に銀の指輪をはめていた。内部に装置があるため幅広で、男性用ファッションリングのようだ。照射部分を内側に向けると傘を持つのに邪魔になり、保は指輪をクルリと回した。

ほんとうにいいのだろうか。

道端に佇んだまま、しばし中指を見つめていた。湿った空気と冷たい雨と、鈍色の空と死んだような町。それは保の心に似ている。

あの瞬間の、宇宙から突き抜けてきたような怒りと慟哭は、時が経つにつれて静まって、今では見失いそうになることもある。二度と誰かを死なせないと誓ったのに、そのためなら何でもしようと誓ったのに、目まぐるしくも慌ただしい日々や、早苗が幸福になれた現実に、行く先を見失いそうになる。他人の脳をいじって考えを変えさせる権利が自分にあるのか悩んでしまう。

「……泣き虫で、弱虫だから」

保は自分に呟いて、歩き始めた。

あまりに寂れた印象の町だった。まばらにしかない店舗はシャッターを下ろし、二階建て住居より高い建物はほとんどない。空き地も多く、それが有刺鉄線を張った杭で囲われている様子は昭和の光景さながらだ。

こんな男がなぜモテる、と早坂が言ったこともあり、派手な生活のイケメンタイプを想像していたが、笹岡の住所にあったのは高価なマンションではなくて、戸建ての古い公営住宅だった。窓越しにボロボロの障子が見える家もあり、空き家は周りに雑草が茂り、居住者がいると思しき家は、雨ざらしの物置や古タイヤや錆びた一斗缶などが玄関周りに積み上げられていた。

笹岡の家も同様で、長年にわたる荒んだ生活を表すようにゴミが積まれていた。玄関には表札もなく、折れた傘が地面に落ちて、手製の雨除けは柱が腐って天井が抜け、その下に錆びたドラム缶が置かれていた。自転車、タイヤ、セメントの袋にポリ容器、焼酎の空きビンに煙草の吸い殻、生活ゴミなどがドラム缶の周囲に山積みとなり、残飯が入ったままの犬用の食器が捨てられていた。

知らない世界に迷い込んでしまった気がしたし、本人が鬱病とも思えなくなってきた。生真面目で完璧主義、自分に厳しく他人には気を遣い、凝り性な面を持つというような、鬱病になりやすい気質はどこにも感じられないからだ。

玄関脇が台所のようで、窓に洗剤の影が透けている。ゴミの山はその下までせり上がり、生ゴミの上で赤いブラジャーが濡れていた。恋人の体にオイルをかけて火を点けた男の荒んだ心を目の当たりにしたようだった。

——殺されていたかもしれないんだから——

早坂の言うとおりだと思う。著しく自己評価が低いため、自分を過剰に装飾し、暴力で相手を従わせたがるのだ。すでに病毒は彼の内面に染み渡り、浄化する機会を逸してしまったのかもしれない。

——なんで助けてくれなかったの？——

錆びたドラム缶に小さな女の子が腰掛けている。幼気な足は血まみれで、閉じることのできない口から飴玉がこぼれて落ちていく。

保は傘の柄をギュッと摑んだ。目をしばたたいてもう一度見ると、少女と思ったのは天井から抜け落ちた波板の影で、保は逃げるようにその場を後にした。

　笹岡次郎の家はキャンディー事件が起きたアパートに近い空気を纏(まと)っている。投げやりで疲れて鬱屈(うっくつ)した感情の気配があった。それに加えてあの家には、他者を蔑(さげす)むことでしか自身を確立できない男の横柄さと惨(みじ)めさが同居していた。被害者は一人だけではないかもしれない。嘘つきで傲慢(ごうまん)で乱暴で短気な人間が生き続けようと思ったら、独りでは無理なはずだから。

　被験者に最適だという早坂の言葉が、保の頭に降り注いでいた。

　笹岡のカウンセリングの日。

　保は早坂の指示で、クライアントが来る前から院長室に待機していた。三台の間接照明に照射機を仕込むためである。笹岡を被験者にする場合は保の同意を得ると院長は言い、保もそれで納得した。

「そういえば、この男は宇田川早苗さんをレイプした犯人とタイプが似てるね」

　保がセッティングを急ぐ間に、自分のデスクで調書やカルテを見ながら早坂が言う。

　保は早苗がレイプされたことや、そのおぞましいやり方は聞いたが、犯人についての知識はなかった。

「犯人をご存じなんですか」

作業の手を止めて訊くと、

「蛇の道はヘビだよ」

と、早坂はすまして答えた。

「関係者から話をね。昨年の夏だったかな、八王子西インター下で女子高生が絞殺された事件があったろう？」

「……すみません。世情に疎くて」

「ま、あまり大々的に報道されたわけでもないからね。宇田川さんをレイプした男はその事件の重要参考人だったって話だが」

「え」

脳裏を過ぎったのは幸福な今の早苗ではなく、会ったばかりの早苗であった。

「報道では伏せられていたが、女子高生は暴行されていたんだよ。口に下着を詰め込まれ、陰部にコーラのビンが差し込まれていたんだ」

目眩がした。早苗が被った手口に酷似していたからだ。

「殺人まで」

思わず声が裏返る。早坂は目を上げて保を見た。

「いやいや、あくまでも重要参考人だったというだけで、殺人事件は未解決だよ。宮原秋雄（みやはらあきお）といってピューマ急便の配達員だが、宇田川さんが訴えようとしたのも彼だったよね？　結局、訴えは取り下げたようだが」

レイプ犯は当時早苗が勤めていた会社の取引業者で、でも、まさか宅配業者とは知らなかった。荷台で暴行を受けたと言っていたから辻褄（つじつま）は合う。

「手口は宇田川さんのケースと酷似しています。警察はなぜ、彼女の事件を検証しなかったんでしょうか」

「宇田川さんのは事件になっていないからだよ。警察も万能じゃないからね。その男だが、調べてみたらストーカーや強制わいせつ容疑で検挙歴があるそうだ。特筆すべきは、今も頻繁に女子高生の殺害現場へ通っているというところだな」

「なんのために」

訊きながらゾッとした。その男が犯人ならば、現場を訪れることで犯行時の興奮を味わっている可能性があるからだ。

「現場に供えられた花を見て、思い出に浸っているのだろう」

保は思わず顔をしかめた。

「性的暴行に傾倒していることからしても、宮原秋雄と笹岡次郎はタイプが似ている。

笹岡のほうは交際相手だが、宮原は援助交際の高校生や風俗店の女性をターゲットにしているようだ」

現在進行形で言う。彼らは性的興奮と快楽から逃れられなくなっているのだ。

宮原秋雄。保は名前を反芻した。性暴力が渇望と結びつくタイプは犯行をエスカレートさせる傾向があり、その場合は今後も被害者を生み続ける。

「時間だな」

と早坂は言って、デスクの上を整え始めた。保は早坂の背後に身を引いた。今日の立場は院長の助手だ。笹岡が約束を守ってカウンセリングを受けたという証拠の記録係である。

約束した面会時間から二十分遅れて、デスクの内線電話が鳴った。受付にクライアントが来たのである。早坂はごく事務的に、笹岡を部屋に通すよう答えた。

女性スタッフが彼をここまで案内してくる。コンコンと規則正しいノックの後でドアが開き、スタッフが笹岡を室内へ誘った。

緊張の面持ちで入ってきたのは、人好きがしそうな男性だった。凶悪さなど微塵もなくて、こざっぱりした服装に、整えた髪、くりくりした目に愛嬌のある顔、どこかで会ったことがあると感じさせる風貌は、あの家の惨状と乖離していた。

「二十分の遅刻ですよ」

デスクから立ちもせずに早坂が言うと、

「道が混んでたんですよ。それに、タクシーの運転手が方向音痴で。でも、二十分なんて遅刻のうちに入りません、そうでしょう？」

すみませんより先に責任転嫁と言い訳がきた。反社会的人格の一種とされるサイコパシーの手本のような答え方である。早坂は表情を変えることなく患者用のソファを勧め、笹岡は室内を見回しながら、ニヤついた顔でソファに掛けた。

「院長の早坂です。後ろにいるのは中島先生で、手伝いをしてもらいます。カウンセリングの様子をビデオに撮らせていただきますが、記録が笹岡さんの不利益につながることはありませんのでご安心ください。裁判所の指示どおりにカウンセリングを受けたことの記録です。よろしいですね？」

「厭だと言っても撮るんでしょ？　どうぞどうぞ」

ニタニタしている。保は自己紹介のタイミングを失い、無言で彼に頭を下げたが、相手はこちらを見もしない。ソファにふんぞり返って足を組み、偽物のロレックスを見せびらかすように腕を広げて、早坂のみを凝視している。高圧的な態度は、院長風情がなんぼの者かと言わんばかりだ。保はビデオを回し始めた。

面談は、近況を聞くことから始まった。

笹岡は主に自分の有能さを語り、時々思い出したように早坂の機嫌を取ったりしたが、暴行事件の話に触れると、そっぽを向いて話を逸らした。自分は彼女の為に一生懸命だったと熱弁し、どれほど愛していたか力説し、非難される謂われはないと言った。火傷については事故だと言い、別の女性に慰謝料を払わせた事実も否定した。

「もともと女に貸した金なんですよ。わかるでしょ？　俺の金なんだから、文句言われる筋合いはないです」

組んだ足の先が激しく動く。潜在意識が本性を隠そうと努力しているのだ。保や早坂が見ているのは表情ではなく、言葉に連動して起きる身体機能だということを彼は知らない。ビデオカメラは全身をくまなく映す。視線の動き、体の向き、汗や指先……それらが言葉以上に本心を語る。笹岡は耳垂の付け根に裂傷の跡があり、無意識に動く手が、傷と首の後ろを撫でている。幼い頃に受けた虐待の痕か。女性に火を点ける行為の裏に、未だ昇華しきれない怒りがあるのかもしれないと保は思った。

十分ほど話したところで笹岡はカウンセリングへの興味を失い、何を訊いても上の空になった。長く緊張していることもできないタイプだ。楽なほうへ、楽なほうへと流されながら生きてきたのだろう。暴行や虐待につながる衝動は、人なつこい風貌の皮一枚隔てた下に煮えたぎっていて、容易に噴き出す。

笹岡が天井に目を向けている隙に、早坂が保を振り向いた。

（どう思うね？）と視線が語る。

たとえ脳に腫れを生じさせても、邪な渇望が過度に湧き続けない限り腫瘍にならずに治癒してしまう。頻繁且つ執拗に、その部分が活動しない限りは安全なのだ。でも
……と、保が考えたとき、早坂は素早く被害女性の写真を保に見せた。どす黒い内出血や、惨たらしい火傷の患部、首の痣は首輪で拘束された痕である。

保は頷き、早坂はデスクから立ち上がった。

「状況はだいたいわかりました。今から治療に入りましょうかね」

「治療？」

笹岡は怪訝そうな顔で早坂を見上げた。

「怖がることはありません。リラックスして気持ちの整理をつけましょう。私がお手伝いしますから。それじゃ中島先生、お願いします」

保はビデオから離れて間接照明を準備した。笹岡の態度と動き方は観察したので、照らすべき位置はほぼわかる。細かな調節は早坂が臨機応変にやるはずだ。

「気持ちの整理ってなんすか」

笹岡の舐めた態度は変わることがない。早坂は彼の前に立ち、頭頂部に手を置いた。

「笹岡さんの心を解放するお手伝いをするのですよ」

「別に解放して貰わなくても、俺は何も困ってないよ」

「そうでしょうとも。あなたが優秀だということはわかっています。ただ、心を解放することで、本来備わっている能力を高めることができますよ」

劣等感から生じる自己顕示欲を刺激しながら、早坂は笹岡に施術した。

その時、俯かされた彼の項に、保は火傷の痕を見た。

煙草の火を押しつけられたような痕だった。

プログラムを終了したとき、保は初めて笹岡に質問した。

「今日はお疲れ様でした。ときに笹岡さん。ご両親はお元気ですか？」

乱れてもいないシャツの裾をズボンに入れ直しながら、口笛を吹くような調子で笹岡は答える。

「親父は三年前に死にました」

調べたら、八王子の外れのあの家は父親が契約したものだった。他の質問を逃れるように、笹岡はそそくさとドアへ向かう。保はそれを追いかけた。

「お母様はお元気で？」

目線を合わさないようにしていた笹岡の顔が一瞬歪んだことを、保は見逃さなかった。無意識に彼の手が項の傷に触れたのも。

「じゃ、お世話さん。面倒くさいけど、次もきっちり来ますんで」

質問には答えないまま、笹岡は部屋を出て行った。

「彼を虐待したのは母親か」

と、早坂が言う。

「怒りの根源はそこにある。女性を母親に重ねて憎むのだろう」

「火は虐待の記憶で……もしかしたら、首輪もされていたかもしれませんね」

「うむ。本人に治療する気持ちがあれば、過去のトラウマを乗り越える手助けもできるのだがね、あのタイプは弱点を徹底的に隠すから、治療は難しいだろう。そもそも、なにひとつ間違ったことをしたと思っていない。今までは父親がいたので女性を連れ込むことができなかったが、独りになって歯止めが利かなくなったんだ」

「治療できるといいんですが」

早坂は「ふっ」と笑った。

「考えてみると皮肉なものだ。我々もたった今、彼に見えない首輪をつけた。もしも女性を傷つけたくなれば、快感ではなく苦痛を味わう。快楽を伴う暴力は二度と犯せない。ま、今は交際も順調のようだから、結果が出るのはもっと先だな。問題は……」

早坂は保のほうへ体を向けた。

「セラピー期間が終わってしまえば実験結果を知る術がなくなることだ。相手の女性が心配だから早急に試したが、長く様子をチェックできる対象が理想だね」

早坂が何を考えていたか、保はようやく理解した。早坂には理想の対象がいて、そのために装置を小型化させたんだ。その対象者がクリニックへ来ることのできない人物だから。

——彼に見えない首輪をつけた……快楽を伴う暴力は二度と犯せない——

それこそが自分たちの目的だ。

懇篤な仮面の下に隠された笹岡の本性を思うとき、間違ったことはしていないと、保は自分を励ました。罰するのではなく防ぐこと。それが一番大切なのだと。

第三章　監獄の撲殺魔

東京拘置所は都内葛飾区小菅にあって、地下に死刑執行の施設を備えている。収容定員は三千人を超え、刑事被告人を収容する施設としては国内最大規模である。ハヤサカ・メンタルクリニックは死刑囚のケアや、心に問題を抱えた受刑者と面談して状況の改善を模索するなど、厚生面で同施設と関わりを持っている。

「中島くん。一緒に小菅へ行かないか」

早坂にそう誘われたのは、笹岡の脳に腫れを生じさせて数日後のことだった。

「どなたと面談するんですか?」

早坂の前に立って保は訊いた。体の前で重ねた手が、知らずに指輪を隠してしまう。左手の傷はすでに癒え、固定化した脳を使った実験で威力が証明されていた。大型の照射機を使うよりずっと早く、正確に、狙った部位に腫れを生じさせられる。

「スーパー・グッドライフ強盗殺人事件の犯人で、鮫島鉄雄という男だよ。すでに死刑が確定しているんだがね」

その事件なら、全国的に報道されていたので覚えている。

今からおおよそ六年前。閉店後のスーパー・グッドライフ浦安店に何者かが侵入し、店長と、たまたまその場に居合わせたパート従業員を撲殺し、売上金を奪って逃げたのだ。犯人は約ひと月後に逮捕されたが、事件はそれで終わらなかった。

逮捕後、犯人が潜伏していた郷里の実家から母親の死体が、その後に逃げ込んだと思しき叔母の家でも、叔母の撲殺死体が発見されて大騒ぎになったのだ。どちらの家からも金目のものが洗いざらい持ち出され、室内は荒らされたまま、二人の遺体には上着ひとつ掛けられていなかったという。犯人は鮫島鉄雄。暴行、窃盗、覚せい剤取締法違反などで逮捕歴があり、当時五十代くらいだったと思う。裁判では犯行を認めて上告はせず、すみやかに死刑が確定した。

「たしか控訴もしなかったんですよね。なのに、何か問題が？」

「うむ。鮫島にはもともと自殺願望があってね……だからといって罪を悔いて犯行を認めたわけではないんだよ。捕まった当初は何もかも面倒くさくて投げやりになっていただけだ。もともと凶暴な男で、食事がまずいと言っては暴れ、寒いといっては暴れ、夜中にわざと大声を出したり、看守に腹を立てて、死んでやると自分の手首を食い千切ろうとしたこともある。激昂すると手がつけられなくなるのでトラブルが絶えないんだよ」

「院長が面談を始めてどれくらいですか」

「もう三年になるかなあ。他人にも自分にも興味がないから、改善の兆しはまったく見えない」

他人事のように言って保を見上げる。

丸い黒縁メガネの下で、保はスッと目を細めた。右手の中指は覆ったままだ。

「わかるだろう？　感情の起伏が激しく自身にすら愛情が持てないのなら、外へ出せばまた人を殺す。本人もそれはわかっているんだ」

「だから死刑を望んだのでしょうか」

「望んだわけじゃなく、その時はどうでもよかったんだ。考えがコロコロ変わるのさ。自由を奪われてギャンブルもできず、薬も打てず、酒も飲めずに女も抱けない。反省がないから自暴自棄になって癇癪を起こす。死刑囚の房っていうのは静かでね、針の落ちる音にさえ敏感なんだ。暴れたり大声を出したりすると他の受刑者のストレスになる。それも凄まじいストレスにね、なるんだよ」

保も矯正スタッフとして東京拘置所へ出入りしているが、鮫島とはまだ面談していない。黙って考えを巡らせていると、畳みかけるように早坂が言った。

「中島くんの気持ちはわかるよ。すでに死刑が確定して、これ以上は罪を犯せないじゃないかと思ってるんだろ？　でもね、彼が自分の罪と向き合うことこそが遺族への誠意で、鮫島自身の矯正だ。死刑は命を奪うことでしかない。今のままだと鮫島が更生することは決してないんだ」

「でも、それは本来の目的と違います。ぼくは彼らを苦しめたいわけじゃなく、快楽殺人を止めたいんです。その男は二度と殺人を犯せない」

「もっと冷静になりたまえ。私たちが行くのは茨の道だ。精神論やきれい事じゃないんだよ。実験結果を手に入れないとまずいだろう？　きみがそうやって迷っている間にも、どこかで殺人は起き続けるよ。キャンディー事件の犯人だって、まだ捕まっていないじゃないか。な？　中島くん」

早坂は保の瞳を覗き込み、「結果を知ろうよ」と静かに言った。

「壬生という刑務官が協力してくれることになっているんだ。その後の鮫島の様子も伝えてくれるそうだ」

「まさか、壬生さんに話したんですか？」

保は驚いて早坂を見た。壬生はベテラン刑務官で、クリニックが拘置所を訪れる際の担当官だ。早坂はすまして答えた。

「もちろん詳しいことは話してないよ。鮫島にはほとほと手を焼いているようだから、新しいセラピーを試すのはどうかと提案してね。深層心理に入り込み、問題の根源を治療する方法だけど、データが少ないからその後の様子を知らせて欲しいと言ったんだ。二つ返事でオーケーをもらったよ」

嘘はひとつも吐いていないと、早坂は付け足した。

後学のためにも助手として鮫島に会うべきだと押し切られ、保はついに頷いた。

正直なところ、鮫島のようなタイプに腫瘍が影響を及ぼすとは思えなかった。早坂の分析によれば鮫島は快楽殺人者ではなくて、自己を制御できない激昂型殺人者だからだ。こらえ性がなく、短気で感情のコントロールができない。自分の命に興味がないから他人の命も軽んじる。計画性がなく行き当たりばったり。他者とコミュニケーションがとれず、興味もなく、刹那的に生きている。過去の殺人を反芻してサディスティックな快感を求めるタイプではない。脳に腫れを生じさせても腫瘍にならずに治癒してしまい、本人を苦しめることはないだろう。

拘置所へ向かう時間を打ち合わせてから、保は自分の部屋へ戻った。エアコンを入れて照明を点ける。ブラインドが閉まったままだと時間がまったくわからない。

生を取り戻すことができたじゃないか。

「大丈夫かなあ……」

呟きながらデスクへ行った。相変わらずキャンディーの包み紙はそこにあり、保は戒めのように目を注ぐ。自分は進めているのだろうか。誰か一人でも救うことができたのだろうか。デスクに置いた結婚式の招待状が今の救いだ。少なくとも、早苗は人生を取り戻すことができたじゃないか。

「うん」

と、保は頷いた。取り戻すより、初めから失わないほうがずっといいのだ。

同じ日の午後。保と早坂は小菅へ向かった。

東京拘置所では、壬生がすべてを手配してくれる。受付を済ませるとその場で壬生の到着を待ち、一緒に建物へ入る決まりだ。鮫島が拘留されているのは南棟で、ワンブロック毎に鍵を開け、鍵を掛け、そしてようやく南棟へ辿り着く。殺風景な廊下を歩いていくとき、南棟のあまりの静寂さにゾッとした。生きた受刑者が収監されているはずなのに、重い静黙が蟠っている。それは後悔や懺悔の念というよりは、やがて来る瞬間に怯えて、息を殺して存在を隠そうとしている者たちの気配に思えた。重く、深く、戦慄（せんりつ）までも含んでいる。この棟で大声を出したり暴れたりするなんて、普通の神経では考えられない。

「南二十五号を連れてきますので、こちらでお待ちになってください」

保と早坂をカウンセリング用の部屋へ通すと、壬生は声を潜めて言った。

八畳程度の空間である。アクリル板などの仕切りはなく、床に固定されたテーブルがひとつ、その両側に椅子が一脚ずつ置かれただけの殺風景な部屋だ。床も壁も灰色で、テーブルも灰色なら椅子の座面も灰色だ。天井の監視カメラと、椅子のパイプの銀色と、カメラが作動中であることを示す赤いランプ以外に色がない。ここの印象そのままだ。

「中島先生は初めてでしたな？」

部屋を出て行きかけて、壬生は保を振り向いた。

早坂はスーツ姿だが、保は白衣を纏（まと）っている。基本的に拘置所から面談時のスタイルを指示されることはないのだが、保は若いので、相手が少しでも自分を信頼しやすいようにと白衣を着ることが多い。

「はい。南棟は初めてです」

答えると壬生は静かに言った。

「長く独居房に閉じ込められると、色々と影響が出るもんでして……パニックを起こすとか、妄想を見るとか、自殺したくなるとかね。なかには喋れなくなる者もおりますが、南二十五号はそうじゃない。中島先生のことですから心配はしていませんが、暴れ出すと手がつけられなくて……私に言わせりゃ……ま、やめときましょう」

目深に被った警帽のせいで目元が隠れ、的確に表情を読み取ることが難しい。そのせいか、刑務官という人たちは何度会ってもひととなりを熟知できた気がしない。

壬生は、言葉選びや正確な発音に実直さを感じさせ、丁寧な鍵の掛け方に誠実さを覗かせる。長身で老齢、細面で皺の寄った顔の壬生は、制服を脱げば学者のように見えるだろう。壬生が出ていくと早坂は背広を脱いで背もたれに掛け、椅子を引き出して、ゆっくり座った。

「怒りのスイッチがどこにあるのか、まったくわからない男でね。幼少期に虐待されていたわけでもないし、あの性格になった要因は見当もつかない。ロボトミーを推奨するわけじゃないが、鮫島と面談するとフリーマンの気持ちがよくわかる。精神外科手術の分野がさらに進んで生体の脳を調べる技術が確立すれば、鮫島の脳に病巣を発見できるだろうと本気で思うよ。性格は直せないが、病気は治療できるんだ。このケースを治療できれば、わけもなく脅威にさらされる人を減らせるのだがね」

保が無言なので、早坂は喋るのをやめた。とたんに静寂が襲ってくる。監視カメラが作動する音さえ聞こえるようだ。死刑執行を待つ者たちに、静寂はどれほどの恐怖だろう。神経が研ぎ澄まされて感覚が鋭敏になる。沈黙の中で彼らは何を見るのだろう。後悔か、懺悔か、反省か、それとも恨みなのだろうかと保は思う。

しばらくすると鍵を開ける音がした。一秒に満たないその音は、無機質な空間を抉(えぐ)るかのようだ。訪問者ですら施錠で管理される刑事施設は、空気が険を帯びていて、保は思わず身構える。

壬生に連れられて入ってきたのは四角い顔の老齢男性だった。痩(や)せていて青白く、頬骨が鋭く張り出している。すべての被害者が撲殺されたことから筋骨隆々のタイプと思っていたが、そうではなかった。髪は薄く、額は広く、眼がギラギラしているくせに口は半開きで、変色した乱ぐい歯が覗いていた。

この男が鮫島鉄雄か。四人全員が撲殺で、母親も、叔母も殺した。

「南二十五号。座りなさい」

壬生は感情のない声で鮫島に言った。

腰にロープを巻かれ、それが手錠とつながれた鮫島は、早坂にも保にも興味を示すことなくパイプ椅子に腰を下ろした。両足を開き、それぞれのつま先が別々の方向を向いていた。壬生はロープを握って鮫島の背後に立っている。

「鮫島鉄雄さん。気分はどうかね？」

医師らしい声で早坂が訊く。鮫島はチラリと監視カメラを見上げたが、返事はしない。早坂はテーブルの上に腕を載せ、両手の指を静かに組んだ。

「よく眠れてる？　食事は？　食べないこともあるそうだね」

保は鮫島の全身を観察した。早坂との面談には何の興味もないようだ。こいつと話すより独居房にいるほうマシだと態度が語っている。そのくせ眼球だけは容赦なく辺りを見ていた。猛禽類のような眼だ。痩せた体はビリビリと電気が通っているようだ。不快感が伝染してくるような、触れれば感電するような、憎悪にも似た緊張感を纏った男だ。刺殺でも絞殺でもなく撲殺を選ぶのは内に秘めた凄まじい怒りのせいだ。怒りの根源は外部ではなく、内面にあるのだ。この男は自分が粉々に砕け散るまで、他者を攻撃することをやめないだろう。

早坂は静かにため息を吐いた。

「今日はほかのカウンセラーの先生にも来て貰ったんだよ。私も万能じゃないからね。彼のほうが、きみと気が合うかもしれないし」

一瞬だけ鮫島の目が保に向いた。どんな相手か見たというよりも、ウィークポイントや攻撃方法を模索するような目つきであった。

「中島先生だ」

保は無言で頭を下げた。鮫島の後ろで壬生が言う。

「メガネは外したほうがよいですな」

突然暴れて頭突きなどされた場合は、レンズが割れて危険だと言いたいようだ。

保はメガネを外してポケットに入れた。

「俺のことならさすかぇなえ。ほっといてけろ」

鮫島は言葉を発した。山形弁のようである。大丈夫だから放っておけと言っているのだ。心温まる方言にさえ物騒な棘がある。空気が緊迫し、壬生は腰縄を強く握った。

「そう言うな。やれば気分が楽になる。きみだって、イライラの原因がわからないんだろ？　そのイライラが、またイライラを呼ぶ悪循環になっているんだよ」

あのテノールで早坂が言う。心地よく、深く、安心を誘う声である。

「そこに掛けたままでかまわない。ただ、中島先生にきみの頭を触らせてくれ」

「なんの、触らんたってよかろうが」

「不都合でもあるのかね」

早坂は眉をひそめた。

「んなものねえが」

中島先生、と、早坂が振り返る。

保は鮫島の近くへ寄った。挑むような眼で見上げてきたので、ニッコリ笑う。

「けっ」

蔑むかのような音を立て、鮫島は体の芯を出入り口に向けた。保を拒絶したいが、何をされるか興味もあるということだろう。保は彼を見下ろして、皮膚の下にある頭蓋骨を思い浮かべた。練習を重ねてきたので頭部を見ると脳が透けて見える気がする。透明な頭蓋骨に食い込んでいる眼球と、脳脊髄液に浮かぶ脳幹や脳室、下垂体に海馬……扁桃体はとても小さな器官だが、場所がわかる。手に取るように。

「鮫島さん。先ずは目を閉じようか」

「なしてや」

「そのほうが効果を望める。どう？　私の指を見てごらん」

穏やかで眠気を誘う声で言う。鮫島の視線が早坂の指先に落ちたとき、

「鮫島さん。目を閉じましょう」

保は彼の顔に触れ、優しく目を閉じさせた。指の内側と手のひらに眼球の丸みを感じながら、もう片方の手を後頭部に当てる。

「一番幸せだった頃を思い出そうか」

意外にも鮫島は保の手を嫌がらなかった。乾ききって皺深く、ごわついた肌の感触と、眼球を手のひらに感じながら、保は、鮫島自身、他者のぬくもりに飢えていたのではないかと感じた。手に入らないなら壊してしまえ。凄まじい破壊願望の発源にあるのは、鮫島以外の人は持っているのに、鮫島が持つことは叶わなかった何かだ。腫瘍を発生させてくれというように、鮫島は保に頭を委ねる。

保は深く呼吸した。残忍さに枷をするより、この男の魂を救えればよかった。

「きみはいま、どこにいる？」

早坂が訊く。保は両手を側頭部に置き換えた。鮫島は目を閉じたまま、無言でいる。この男にも幸せだった頃があるのだろうかと考えていたとき、受容機を埋め込んだ左手に微かな衝撃を感じた。その瞬間、鮫島は肩で保を突き飛ばした。

「なにすんだこの野郎！」

「南二十五号！」

壬生が背中に保を庇う。早坂は腰を浮かした。

「どうしたね」

「どうもこうもあっか！　おめえ、頭になんかしたろう」

早坂の目が保に向き、保は首を左右に振った。

「中島先生は何もしてないよ」

鮫島の目が炯々と光っている。彼は乱ぐい歯の間からツバを飛ばして体を捻った。全身でテーブルにぶつかったが、テーブルは固定されていてびくともしない。立ち上がってパイプ椅子を蹴り倒し、後ろから壬生に羽交い締めにされた。

「嘘こきやがって！　俺ば馬鹿にしてんのが、ああっ？」

壬生は非常ボタンを押した。すぐさま二人の刑務官が駆けつけてきて、暴れる鮫島を取り押さえ、面会室の外へ引き出した。壬生が保たちを振り返る。

「お怪我はありませんか」

「いえ、大丈夫です」と、保は答えた。

「どうしたのかな」

早坂が訊く前で、

「すぐ戻ります」

と言い置いてから、壬生は部屋に施錠して出て行った。

「どうしたんだ」

早坂は保に訊いた。監視カメラが音声を拾えない程度の声である。

「ほんの微かですが、左手に衝撃がありました。あのとき、彼は何を思い出していたんでしょうか」

早坂は眉をひそめた。

「てっきり子供の頃のことでも思い出していると思ったが……まさか」

「快楽殺人者だったのかもしれません。犯行の瞬間を反芻していたのかも」

意外にも、早坂はニタリと笑った。

「だとすれば好都合だ。より顕著なデータが取れるだろう」

「院長は壬生さんを巻き込みましたね」

保は眉をひそめた。

「施術しようとして気がつきました。ここへ指輪を持ち込めるはずがなかったと」

ポケットからメガネを出す時、保は代わりに指輪をしまったが、早坂は相変わらずすました顔だ。

「壬生さんは協力者だよ。ありがたいことだ」

そして保の目を見て言った。

「小型化して正解だったな」

最近、保は尊敬してきた早坂の資質を見誤っていたのではないかと感じることがある。そんな時は自分の挑戦が果てしない暗闇に向かっているようでゾッとする。

気分を変えようと髪を掻き上げたとき、解錠の音がして壬生が戻った。実験について知っているとしても、いつも通りの穏やかな態度だ。

「お待たせしました。では、外までご案内します」

チラリとカメラに目をやったので、無駄に喋りかけるなと牽制したのだと思った。保は壬生の人となりを信用している。壬生は人を信じ、尊重し、受刑者にも敬意を払える立派な人だ。その彼が、残忍な死刑囚とはいえ鮫島の脳をいじることを黙認した理由が、保にはわからない。早坂はなんと言って彼を説得したのだろう。目深に被った警帽のせいで、壬生の真意は読み取れない。

静黙の廊下を戻るとき、保はどこかで鮫島の悲鳴がしないかと耳をそばだてたが、聞こえるのは自分たちの足音だけだった。


独居房にひとつだけある窓が暗くなり、時折サーチライトの光が過ぎる。

拘置所の消灯は消灯ではなく、受刑者の様子を確認できる減灯なので、真夜中といえども暗闇に包まれることはない。わずか三畳の細長い部屋は、剝き出しの便器と洗面所がついており、壁には棚が、あとは座卓と衝立と薄い布団だけがある。用を足すときは衝立を置いて便座辺りを隠してもいいが、鮫島は他者にも自分にも頓着しない。汚さないよう便座に座って小便をする配慮もなくて、放尿の音で静寂を破り、看守に注意されることもしばしばだ。床に飛び散った尿の臭いが鼻を衝くのにも慣れている。薄明かりのせいで深い眠りにつくこともない。何もかもが退屈で、うんざりする毎日の繰り返し。耐え忍ぶために鮫島は、過去のあれこれを思い出す。

看守が房の見回りに来る。扉に空いた鉄格子付きの小さな窓から内部を覗く。表情を確認できるよう、布団を被って寝るのは禁止だ。鮫島はこれ見よがしに両目を開けて天井を睨むが、看守は一瞥しただけで隣の房へと移っていった。死刑囚の不眠に関心はないのだ。真夜中の気配が濃厚で、毎夜聞こえるいびきの音がくぐもっている。

「こばくせぇ」

鮫島は舌打ちをした。薄い布団を剥いで起き上がり、二歩で便器の前に立つ。

何年前か忘れたが、逃げようとしたスーパーの女性従業員をトイレに連れ込み、便器に頭を突っ込んでやったことがある。水攻めにしようと思ったが、トイレの水は一度流すと次が溜まるまで時間がかかった。思うようにならずに腹を立て、結局、何度も便器に顔を打ち付けて殺した。その音を聞きつけて店長が来たので、手提げ金庫で殴り殺した。独房には金庫がないから、ここなら二人とも便器で殺す。小便をしながら思い出していると、背後に人の気配を感じた。

「あっ！」

と、思わず声に出たのは、一人きりの独房に他人の影を見たからだ。

たった今思い出していたスーパーの女性従業員が、後ろにヌーッと立っていた。眉間が割れて肉が垂れ、瞼は腫れて塞がって、鼻からも口からも血が溢れている。

「なんだ、おめえ！」

鮫島は驚き、畳に逃げて尻餅をついた。途端に髪を掴まれて、便器のほうへ引きずられて行く。使用したばかりの便器に顔を押し込まれ、容赦なく水が流される。頭をガッチリ掴まれているので、顔を上げようにもびくともしない。水圧で水は鼻や口に流れ込み、肺に入って胸が痛んだ。流れ終わると髪を引っ張られ、額を便器に打ち付けられた。血が噴き出しても攻撃は終わらない。鮫島は悲鳴を上げた。

「こばくせ、静かにしろや」

あの夜の自分とまったく同じ言葉で彼女は鮫島を怒鳴り、背中に馬乗りになるや、頭部を両手に持ち替えて顔面を便器に叩きつけてきた。バックリと額が割れて鼻血が吹き出し、眼球を打撲して前歯が折れた。

「やめ！　よせって！　やめでけれ！」

鼻血が喉に流れ込む。両目は塞がり、呼吸ができない。攻撃は止まない。

「ギャー！」

叫ぶと仰向けに引き倒されて、口に何かを押し込まれた。あの夜、被害者の口を塞いだのはトイレットペーパーの芯であったが、自分の口に詰め込まれたのは、洗面台脇のゴミ箱にかぶせてあったビニール袋のようだった。

「南二十五号！」

看守の声がして明かりが点いた。解錠され、なだれ込んでくる。

最後の一撃で鮫島の鼻を折り、幽霊は消えた。


早坂と一緒に東京拘置所を訪れた翌日も、保は自分の仕事で施設を訪れ、壬生と会った。保がここで担当するのは薬物やアルコール依存の症状を持つ受刑者たちのグループセラピーで、その間は壬生と仲間の刑務官が影のように部屋の隅に立っている。

約一時間のプログラムを終了すると、保は壬生に連れられて部屋を出た。

「南二十五号は幽霊を見たようですな」

並んで廊下を歩きながら壬生が言う。

「え」

保は小さく呟いた。

「幽霊ですか？」

警帽の下で、壬生の目は笑っていた。

「ようやく反省する気になったんでしょう。すっかり大人しくなりました」

そんなはずないと保は思った。たった一度の面会だったが、鮫島に後悔や反省があるとは思えない。

「幽霊を見たから大人しくなったんですか？　本人が幽霊を見たと？」

壬生は否定も肯定もせず、次のロックを開けさせた。

「院長先生によろしくお伝え頂きたい。あと、これを。毎度おなじみの報誌ですが、院長先生に面談した受刑者の手記が載ってますので」

壬生は守衛室の前まで保を送り、封筒に入れた報誌を手渡してきた。

それから守衛に敬礼し、保に頭を下げて戻っていった。

保は預けた備品を受け取って東京拘置所を後にした。

　クライアントの来る時間が迫っていた。慌ててクリニックへ戻ると、ちょうど早坂が保の診療室を出るところであった。

「院長。どうされました？」

　訊くと早坂は笑顔になって、

「おお。ちょうどよかった」

　と、保に言った。

「これから学会でね、三日ほど留守になるが」

「存じています。これを小菅の壬生さんから預かってきたんですが」

　封筒入りの報誌を渡すと、ありがとうと早坂は言った。

「院長について受刑者の手記が載ったみたいです」

「それは嬉しいな。新幹線の中で読むよ」

　早坂はこれ見よがしに腕時計を見る。

「マズい。時間だ」

「ぼくに話があったのでは？」

「帰ってからにするよ。鮫島死刑囚の様子はどうだって？」

出かける体でそう訊いた。

「幽霊を見たとか言ってましたが」

「幽霊？　はっ、興味深いね」

早坂はもう歩き出している。

「あと、反省して大人しくなったとも。詳しくは聞けませんでしたけど」

「それじゃあ、効果はあったってことかな？　いずれにしても、学会が終わったら私から連絡してみるよ」

保がまだ話しているのに、早坂は逃げるように行ってしまった。D診療室のドアを開け、リュックを下ろして電気を点ける。次の診療予約時間までは二十分だが、今日のクライアントは強迫性障害を持っていて、十五分前には受付へ来る。

ブラインドの光を調整し、観葉植物が萎れていないか確かめた。デスクを見ると、例の指輪をしまったケースが写真立ての横へ移動していた。時々こういうことがある。大切に保管しておくべき品なのに。

「中島くん、しっかりしたまえ」

早坂を真似て自分に言った。ケースに手を伸ばして写真立てを倒しそうになり、押さえた拍子にカルテを落とした。

「わあ、やった」

床に散らばったカルテを拾いながら、コーヒーメーカーに水を入れなきゃと思う。カルテを揃えてデスクに載せて、指輪のケースを定位置に戻し、間接照明を点けてリュックをバックヤードへ運んでいき、患者用ソファのクッションを整えていると、内線が鳴った。

――中島先生。クライアントがお見えです――

慌てて受話器を持ち上げる。

「予約時間の五分前になったら案内してください。それまで待たせて」

わかりましたとスタッフは言い、「先生こそ落ち着いて」と、クスクス笑う。保のそそっかしさとドジさ加減はクリニック中が知っている。

「はい」

と保は返事をし、天井を見上げてメガネを直し、髪を掻き上げた。

幾つになってもバタバタしてる。だから父さんを心配させてしまうんだ。

新しい白衣に着替えてデスクに戻り、クライアントのカルテを出して、準備はいいかと自分に訊いた。今日のクライアントは生きづらさを感じて苦しんでいて、認知行動療法を試してみることになっている。やらずにいられない行動を我慢することで、それが悪い結果を引き起こすわけではないと知ってもらうのだ。治療は時に患者に困難を求めるが、患者の気持ちに寄り添って進めていけば、きっと成果が出るはずだ。

心の準備を進めていると、また内線電話が鳴った。予約時間になったのだ。

午後八時過ぎ。保は診療室の窓辺に立ってブラインドの隙間から外を眺めた。

暗いので窓ガラスに室内が映っていて、自分の姿は影になり、丸メガネだけが外光を反射している。何を見ても、何をしていても、魔物に追われているようだ。こうしている間にも快楽殺人者は次の獲物を探していることだろう。

「あんなことはもう、厭なんだ」

自分に言って、ブラインドを閉じた。

チリリ……チリリ……と電話が鳴った。内線ではなく外線の音だ。時間外なのでそのままにしておいたのだが、鳴り止まない。保は外線のボタンを押した。

「はい。ハヤサカ・メンタルクリニックです」

無言である。

「もしもし。どうされましたか？」

やはり何の応答もない。

「おかしいな……もしもし、ご気分でも悪いんですか？　どうされました」

心配していると、ため息らしきものが微かに聞こえ、プツ、と電話は切れてしまった。掛け直したが応答しない。しばらく待ったが、再び電話が鳴ることもなかった。在室表示パネルを見ると、まだ二部屋にランプが点いている。受付スタッフが帰った後は、最後にクリニックを出る者が施錠を確認する決まりなので、保は自分のランプを消して、非常口から外へ出た。

その真夜中のことだった。

資格試験のために勉強していると携帯電話が鳴った。早坂だろうかと思ったが、表示は知らない番号だ。咄嗟に脳裏を過ぎったのはクリニックへかかってきた無言電話で、保は胸騒ぎを覚えた。

「中島です」

荒い息づかいが聞こえた後に、男が叫んだ。

――さな……早苗が――

早苗？　そして保は「あっ」と言った。

――野比先生。斉藤です。宇田川早苗の婚約者です――

「ええ、わかります。どうしましたか」

不安が募り、悪い予感に包まれる。斉藤は絞り出すように告げた。

——早苗が自殺を——

保は「え」と、間抜けな声を出す。

——実家の工場(こうば)で、首を吊(つ)って——

「嘘でしょ？　だって……」

嘘じゃないと斉藤は怒鳴った。混乱して助けを求めるような声、噴き出す慟哭(どうこく)を押さえ込んでいるような声で。そして突然電話を切った。

「もしもし、もしもし？　斉藤さんっ」

応答はない。時刻は深夜零時過ぎ。移動にはタクシーを使うほかない。スニーカーを履きながらブレザーを羽織り、クリニックの寮を飛び出した。通りでタクシーを拾う間も、心臓はドキドキと躍っていた。嘘だ。そんな……宇田川さんは幸せで、結婚式を挙げて海外へ行くと……招待状を持って来て、ぼくにも式に出て欲しいって……車のライトがやってくる。保は足踏みしながらタクシーを待つ。回送、予約車、賃走、回送、回送、そして空車表示の車を見つけた。

「タクシー！」

後部座席に乗り込んでから、前のめりになって行き先を告げる。

「深川まで<ruby>深川<rt>ふかがわ</rt></ruby>までお願いします」


「深川までお願いします」


そういえば、早苗の家は深川のどこだったろうと考えた。

「永代通りから大横川へ向かって、川の近くで降ろして下さい」

心臓がバクバクしている。走り出したタクシーの中で、保は祈るように空を見た。

なんで、どうして、自殺なんて……診断を誤って、突発的な自殺行為の可能性を見落としたのか。それとも何かの間違いか。実家の工場で、首を吊って。斉藤の言葉が頭を巡る。あの電話、クリニックにかかってきた無言電話は、スマホの誤送信なんかじゃなくて、宇田川さんのSOSだったとか……。

「うっ」

そのとき眼底に痛みを感じた。両目の奥がねじ切れるようで、吐き気がする。

膝に伏せて頭を抱え、痛みが去るのを待って顔を上げると、隣の席にあの子がいた。

飴玉で変形した喉。首から下にどす黒い花を咲かせたままで。

――なんで助けてくれなかったの？――

少女は訊いた。宇田川早苗も同じことを訊くはずだ。なんで助けてくれなかったの？　早苗は本当に自殺したのか。保は挑むように少女を見た。

口からポロリと飴玉をこぼして、少女も保を見つめている。白濁した両目を開いて、血だらけの足をブラブラ揺らして。

永代通りと大横川に挟まれた下町あたりで、パトカーの赤色灯が光っていた。保はタクシーを止め、車を降りてそちらへ走った。数台のパトカーの間を警察官が行き来していて、近くの家々にだけ明かりがあった。心臓が、ぎゅうっと痛む。

「どうして……」

間違いであってほしかったのに。保は現実を思い知る。冷や汗が出る。激情に駆られてパトカーの近くへ進み、小路の奥に煌々と照らされている作業場を見た。それは材木の製材所で、開け放った入口の一部をブルーシートが隠している。

警備の警察官が保を見咎めて駆けてきた。

「この道は通れませんよ」

「そうじゃなく、宇田川さんに用があるんです」

別の警察官も寄ってきた。

「ご親族ですか」

「ぼくは彼女の主治医です。ハヤサカ・メンタルクリニックの中島という者です。……あの……彼女は」

「……残念ですが」

警察官は同情する顔を作って言った。

「今は検視中で、どなたも工場へは入れません」

「首を吊ったと聞いたんですが」

「野比先生！」

声がしたほうに、婚約者の斉藤が立っていた。部屋着のような軽装で、髪は乱れて、裸足（はだし）に革靴を履いている。

「斉藤さん」

斉藤は駆けてきて保の腕に触った。

「よくここがわかりましたね」

「実家は大横川沿いにあると聞いていたので……いても立ってもいられなくて……飛んで来てしまいました。宇田川さんは」

「検視中です。見ないでください。今はまだ」

斉藤の目は血走っていて、両目の縁が真っ赤であった。

「本当に亡くなったんですか」

「俺も、お義父さんの電話で飛んで来たんだけど、そのときはもう……」

保は顔を歪めて拳を握った。

「どうしてこんなことに」

その瞬間、斉藤の目が怒りに燃えているのに気がついた。血が出るほど強く唇を噛み、顎や頬をピクピクと痙攣させている。

「何かあったんですね」

斉藤は保の腕を引いて警察官から離れ、人垣のない暗がりへ導いた。早苗の遺体はまだ工場の中らしく、現場検証の最中である。

「本当に自殺なんですか？　まさか」

「自殺です。機械にロープを掛けて首を吊ったんです。お義父さんが見つけて……今は二階でお義母さんのそばについています。お義父さんは誰にも見せないで欲しいと言った。だからお義母さんも、まだ早苗に会えていないんです」

その言葉だけで、保は早苗の惨い状況が想像できた。なんてことだ。なんてこと……どうして自殺なんか……どうして、なんで。

「救急車を呼んだんですけど、消防が警察に通報してしまって」

保は工場を振り向いた。病院で死ねない限り、人の死は検視対象になる。斉藤は、だから救急車を呼んだのだ。

「宇田川さん……」

招待状を届けに来た日はドレスを選びに行くと言っていたのに。

「ぼくのせいです。自死の兆候があると気づけなかった」

「そうじゃない。違うんです」

「違うって？」

「違う。全然違う。早苗はあいつに殺されたんだ」

「え」

怒りで真っ赤になっている。体中からストレス臭が立ち上る。尋常ではない彼の様子に保は戦く。今しも『あいつ』を殺しに行きそうだ。

「殺された？」

斉藤は歯を食い縛り、口角から泡を吹いている。そこにあるのは衝撃でも失望でも悲しみでもなく、純然たる怒りだ。神をも畏れぬ怒りが斉藤から燃え上がっている。

「……斉藤さん。少しこの場を離れましょう」

近所の家のカーテンが時折動いて、チラチラと明かりが漏れる。宇田川家に遠慮して、けれど様子を窺っているのだ。ひと目も赤色灯の光も届かぬ闇へ、保は斉藤を引っ張って行く。建物の隙間を通って宇田川製材所の裏手へ抜けた。

材木の搬入口が大横川に向いていて、そちら側はシャッターが閉まり、川面に明かりが揺れているほかは真っ暗だ。斉藤は無言でついてきて、洟をすすった。

「八時過ぎだったでしょうか。クリニックに無言電話があったんです。あの電話が宇田川さんだったんじゃないかって……すみません……そのときに」

今さら何を言っても無駄だ。それでも保は斉藤に頭を下げた。まさか早苗を失うなんて。ショックで、悔しくて、どうしようもなかったが、斉藤の前では泣けない。一番辛いのは彼なのに、泣いて同等になろうとするのは間違いだ。

「くそ、ちくしょう」

斉藤は小さく叫んで地面にしゃがんだ。両足の間に頭を突っ込み、両手で抱える。

「殺してやる……」

保も斉藤の隣にしゃがんだ。ストレス臭と苦しみが保の心を侵蝕してくる。保は激情が収まるのを根気強く待った。シャッター一枚隔てた奥で、婚約者の検視が行われているなんて、誰だって我慢できない。自分を残して自死するなんて、男としてもショックのはずだ。その苦しみは計り知れない。

「先生。殺してもいいですよね」

しばらくすると、斉藤が訊いた。

「誰を殺すんですか」

言下に否定せず、保も訊ねた。

斉藤は顔を上げ、憤怒の表情で川を見ていたが、やがてポケットに手を突っ込んで、かわいらしくデコレートされたスマホを出した。早苗のスマホだ。

「野比先生――」

と、斉藤は早苗の呼び方で保を呼んだ。

「――早苗は先生のことを全面的に信頼していたんです。俺が嫉妬するくらい、会えば先生の話をしてた。セラピーについて話すんですが、ほとんどは、今日は先生がコーヒーをこぼしたとか、白衣のボタンが取れそうになっていたとかで」

保は言葉に詰まってしまった。

「ぼくは不出来な担当で……宇田川さんには、ほんとうに」

斉藤は保を見もせずに、一瞬だけ、川に向かって白い歯を見せた。

「大丈夫かなって、俺は心配だったんですよ。そんな先生で大丈夫なのかって。ほかの先生に替えてもらったほうがいいんじゃないかと言ったこともあったんですけど、早苗は、野比先生がいい……野比先生じゃなきゃダメなのって」

鼻の奥がツンとして、保は強く唇を嚙む。

「本人に会って、彼女の気持ちがわかった……先生。先生は、早苗が人生で一番辛くて、誰にも絶対知られたくないことを……知って……それで、寄り添ってくれたんですよね？　彼女を丸ごと受け止めて、自信を取り戻させてくれた恩人で、だから……電話は早苗だったと思う」

「ごめんなさい。気がつけなくて」

「無理ですよ」

斉藤はうなだれて頭の後ろをかきむしり、そしてスマホの電源を入れた。

「助けて欲しくて電話したんじゃない。それなら先生のスマホに直接かけます。早苗は、最後に先生の声を聞きたかったんだと思います……そ……れで……ご」

言葉が詰まって、嗚咽を漏らした。

「ごめんな……さいって……い……言う、つもりで」

保は彼の背中に手を置いて、激しく震える体を抱いた。

そうしながら、やはり涙が流れてしまった。早苗は死んだ。死んでしまった。斉藤は親指でスマホを操作して、何かのアプリを立ち上げた。

「早苗が消したデータを――」

そう言ってから唇を噛む。決心をつけているようだ。スマホ本体は手渡さず、画面だけを保に向けた。

「――見てください」

保は早苗のスマホを覗き、衝撃に息を呑み、全身の血が沸騰したと思った。

それは目を背けたくなるような早苗の写真だった。おそらくレイプ現場で写されたもの。斉藤は瞬時に電源を切り、何も言わずに保を見つめた。

「ど……それは……ど……ういう」

「だから早苗は死んだんだ」

「なんで今頃、どうしてそんな写真を、誰が」

「決まってんでしょ、あいつだよ。写真じゃなくて動画でしたよ。万死に値するゲス野郎。ヤツを殺していいですか。いいですよね？　いいでしょう？」

斉藤はまた訊いた。

「あの野郎、結婚式場で俺たちを見たんです。早苗が顔色を変えたから、わかった。追いかけていって殴ってやろうと思ったんだけど、早苗がやめて欲しいと言うから。もう、一秒だって自分の人生にあいつを介入させたくないと言うから、納得して無視したんです。あのとき殴り殺しておくべきだった」

早苗をレイプしたのは宮原秋雄だ。宅配業者だから結婚式場に出入りしていてもおかしくない。その気になれば個人情報も抜き取れる。それで今さらこんな映像を……保も、早苗も、映像が残されているとは知らなかった。突然こんなものを送りつけられて、早苗は今もまだレイプされ続けていたことを知ったのだ。

今度は全身の血が引いていく。早苗がどれほど苦しんで、どんなにもがいて立ち直ったか、だからこそ耐えられなくなったのだ。パニックになり、悪夢が倍増して蘇り、幸福の絶頂だったからこそ谷は深くなり、谷底に引きずり込まれてしまったのだ。

「ひどい……こんな……許せない」

保は震えた。被害者を嘲笑う加害者の悪意。卑怯で弁解の余地もないその行動。宮原は悪魔だ。映像を残していたのなら、間違いなく快楽型のレイプ犯だ。犯行をエスカレートさせていくタイプ。道具を使ってレイプすることから男性機能に問題を抱えている可能性があり、そのコンプレックスを性暴力で補っている。放置すればより凶暴な犯罪者へと進化する。被害者を所有物と見なしているから、早苗が幸福になるのが許せないのだ。眼球の奥に痛みが走る。早苗を救えなかったことの後悔と怒りが、保の内部で煮えたぎる。

「あの野郎は人間じゃねえ。俺は生かしておけないんですよ」

「ぼくも同じ気持ちです」

静かな声で保は言った。そしてこう付け加えた。

「殺したいなら、ぼくがやります。あなたが手を汚すことはない」

思いがけない保の言葉に、斉藤は顔を上げ、目を丸くした。

「冗談で言ってるわけじゃないんだぞ」

「もちろんぼくも本気だ」

保は斉藤を見返した。澄み切った瞳には一点の曇りもなくて、真剣な表情が心の内を余すことなくさらけ出す。当然止められると思っていたのだろう。斉藤はショックを受けて冷静になった。

「先生……あんた……」

「もともとその気だったんです。彼のような犯罪者を止めたくて、ぼくは心理学を勉強した。二度と被害者を出したくないのに、ぼくは、いつも、遅すぎる」

斉藤は怪訝そうな顔をした。

「何の話をしているんです？　早苗以外にも被害者を治療してたってことですか？　野比先生……あんたは、いったい」

保は人差し指で鼻先をこすり、川の流れに視線を移した。それから一瞬目を閉じて、覚悟を決めるように深呼吸した。

「斉藤さん……ぼくの計画を聞いてくれますか？」

宇田川家の二階から、泣き叫ぶ母親の声が降ってきた。父親らしき男性が怒鳴っているような声もする。誰も心のやり場がないのだ。誰かを憎む以外には。

「ああ……お義父さんたちにはまだ話してないんです。どうして彼女が死んだのか、わからずに混乱してるんだ」

唇を噛んで斉藤が言う。

「話すべきでしょうか。でも、もっとショックを受けるのでは」

保も宇田川家を振り仰ぐ。

「辛くても話すべきだと思います。怒りの感情はきついものですが、困難を乗り越える助けにはなる。彼女が死を選んだのは……」

ため息をついて、「辛いですね」と、保は言った。

「それを知らないと、家族は自分を責めて、存在しない答えを求め続ける。地に足をつけて乗り越えることができません」

保を見つめる斉藤の目から、ボロボロと涙がこぼれて落ちた。

「俺は、どうすれば」

「ご両親のそばに……彼女を喪った悲しみを共有できるのはあなただけです」

「先生は？」

保は頷く。

「ぼくもそばにいるようにします。あなたは、ぼくが彼女を救ったと言ってくれたけど、宇田川早苗さんは、ぼくを救ってくれた患者さんでもあるんです」

斉藤は同志を見るような目を保に向けて、スマホを握って立ち上がった。

保も立って、彼を見る。

「時間を見つけて連絡ください。話をしましょう。決して早まったことはしないで。今は、あなたしか宇田川さんのご両親を支えられない」

二階から降ってくる慟哭が、二人の闘志に火を点ける。

斉藤が深く頷いて、二人は暗闇を出ていった。

第四章　弟を弄んだ男

　ほぼ一睡もできなかったのに、保の頭は奇妙なほどに冴えていた。宮原秋雄が残忍極まりない悪意で早苗を奪ったことへの怒りが、何かを壊してしまったのだ。

　クリニックへ出勤すると、セラピーの予約状況を確認してから受付へ向かった。何人かの面談を他の先生に交替してもらうようお願いするためだ。ちょうど受付に電話があって、保はその場で待機していた。受付の女性が、

「少々お待ち頂けますか」

　と、相手に告げて保を見た。保留ボタンを押して訊く。

「少年鑑別所の教官から院長先生にお電話ですが、不在だとお伝えしたら、一緒に来ていた先生につないで欲しいと。資質鑑別に行ったの、中島先生でしたよね？」

　保は受話器を受け取った。

「ハヤサカ・メンタルクリニックの中島です。先日はお世話になりました」

――こちら少年鑑別所です。柏木晋平の資質鑑別にいらした先生ですか？――

「そうです」

あの時の女性教官だ。

――彼が描いているマンガについて、お問い合わせがありましたよね――

「はい。ぼくが、見せて欲しいとお願いしました」

――その件でお電話しました――

相手は少し口ごもり、それから一気に話し始めた。

――なんとなく気になったので、大学ノートを見たんです。そうしたら、小さな子供への性的虐待や、殺人の様子を克明に描いたものでした。至急お時間を取って頂き、こちらへ来て頂くことは可能でしょうか――

保はメガネに指を添えた。

「わかりました。院長に話してみます。ときに、質問させて頂きたいのですが」

教官は「どうぞ」と答えた。

「手元にノートがありますか？」

――あります。教養の時間なので、ここへ持ってきています――

「マンガに描かれた犯人の姿を教えてください、晋平くん自身はどんなふうに描かれていますか」

――どんなふうにといいますと？――

「彼はカメラアイなので、想像ではなく実際に見たものを描くはずです。性的虐待や殺人をしているのは晋平くんですか？」

――いいえ。脚色していると思います。背の高い男性です――

「その男性には何か特徴がありますか」

紙をめくる音がした。

――真っ黒な影なんです。それが子供に悪戯をしています。ここへ入るときチェックしましたが、晋平くんは局所にいくつも傷があって……これ、別人格が自分に悪戯している設定でしょうか……あ、ちょっと待ってください――

また紙をめくる音がして、教官は言った。

――殺人シーンですけれど、腰に何かつけていますね。小さいものです――

ハッとした。

「キーホルダーではありませんか？」

教官はしばらく黙り、「そうかもしれません」と答えた。

――全部で三ついています。一つはサッカーボールです。あと二つは何かのキャラクターみたい。輪郭しかわかりませんが、キーホルダーかもしれません——

「もう一つだけ教えてください。悪戯されている子供は晋平くんに似てますか？」

——似ています。ええ、そうですね。むしろ被害者のほうが似ています……泣いている……さめざめと泣いてます——

声に痛ましさが混じっていた。

「ありがとうございます。晋平くんが問題行動を起こす怖れはないと思いますが、この件を院長に伝えて、折り返し連絡させて頂きます」

保は戦慄しながら通話を終えた。体の芯で、冷たく鋭く青い炎が燃えたぎっているようだった。

「大丈夫ですか？」

受付の女性スタッフが保に訊ねる。痩せて化粧が濃いめで頭の天辺から声を出す。一見派手な印象を持たれがちだが、実は内気な女性で、懸命に自分を飾っている。クリニックに勤めて十年以上になるベテランで、彼女にかかると煩雑な診療予約も、患者や医師のわがままによる変更も、パズルのように組み立てられてしまう。

「今日は顔色悪いですよ。それに、ブレザーのボタンも取れかかっています」

手の焼ける子供を見るような目で、保の上着を指した。

本当だ。ボタンがひとつ取れかかっていたのに、まったく気がつかなかった。

「白衣は大丈夫ですか？　そういうところ、クライアントは見ているので気をつけて下さいね」

「そうですね。気をつけます」

「ホントに大丈夫？」

答える代わりに苦笑すると、疑り深そうな顔をした。

「今のお電話の件はどうします？　私から院長に伝えますか」

「内容が複雑なのでぼくが話します。ありがとう」

「あの、中島先生。院長先生の期待が大きくて大変なのはわかりますけど、先生はポーカーフェイスが下手だから……そんな顔ではクライアントが不安になります。だから他の先生に相談して、予約を替わってもらいますね」

「ありがとう」

彼女は予約表とスタッフのスケジュールを照らし合わせながら、

「あ。そうだ」

思い出してメモ用紙を探した。

「昨日、院長先生からお電話があったとき、大友さんのスーパービジョンをするから準備しておくよう伝えて欲しいと」

メモ用紙には大友翔という名前と、早坂の空き時間が書かれていた。

精神分析に於けるスーパービジョンは、初心の心理職が経験豊富なスーパーバイザーに指導を頼み、カウンセリング記録などを元に治療の進め方や対応の仕方を学ぶ訓練だ。本来なら依頼者の保が早坂に指導料を支払わなければならないのだが、早坂は金を取らない。だからこそ、早坂のスケジュールが優先される。

クライアントの大友翔は、晋平と同じ十五歳の時にバットで母親を殴り殺して少年院に収監され、退院後は早坂が保護司をしている。経過観察のために毎月クリニックを訪れてカウンセリングを受けることになっていて、現在は保が彼を担当している。

「あと、クライアントじゃないんですけど、斉藤という人が訪ねて来たら、呼んで下さい」

保はメモをポケットに入れた。

「斉藤さんですね。承知しました。ちなみにどのような方ですか？」

「三十歳くらいの男性です」

メモを取るのを待ちながら、早苗が自殺したことを早坂に告げなければと考えた。

「それと、院長の帰りはいつですか」

「本日午後の予定です。そうは言っても四時頃かしら。学会の時はだいたいその頃です。その前に連絡があったら、電話を回しますか?」

「いえ。今日中に会えるなら直接話します」

彼女は上目遣いに保を見ると、甲高い声でまた訊いた。

「本当に大丈夫ですか?」

保は微笑み、自分の部屋へ逃げ帰った。ブラインドを閉めた部屋には少女の白い影がいる。幻のように儚くて、全容は定かではない。認識できるのは血だらけの手足と膨らんだ喉、口いっぱいのイチゴキャンディー。体に咲くどす黒い花。

スイッチを仕込んだ夜に、鮫島は幽霊を見たと言う。おそらく同じ現象だろう。幽霊だけで済むのなら、犯した罪に対して甘すぎる刑罰だ。

「……おはよう」

呼びかけてみたが、少女は保を見もしない。

取れかかったブレザーのボタンを引きちぎり、保はそれを安全ピンで留め直した。

——中島先生。斉藤様がお見えです——

午後一時過ぎ。大友翔のカルテをまとめていると、受付から内線が入った。未明に別れて今日中に再会できる確証もなかったが、思い詰めて勝手に宮原を襲うことなく、ここへ来てくれてよかったと思った。

「通して下さい」

返事をして待つことしばし。憔悴しきった顔で斉藤がやってきた。

検視はあれからまだ一時間ほど続き、事件性がないということで警察は帰ったと斉藤は言う。それから葬儀屋に電話して来てもらい、早苗の遺体を整えるために別の場所へ運んで、今朝早く納棺師が早苗を連れて戻ったらしい。

「今晩が通夜の予定です」

昨晩とは打って変わって冷静な声だが、目の下には隈ができ、頬はやつれて、無精ひげが生えていた。

「ご両親の様子はどうですか」

保は斉藤にコーヒーを出し、デスクから椅子を引っ張ってきてソファの前に座った。

斉藤は浅く腰掛けて両膝の間で指を組み、放心したようにカップを見ている。

「朝になったら、ご近所や親戚が次々に駆けつけて……悲しんでいる暇もなくなったみたいな……たぶん、いいことなんでしょう」

保は唇を一文字に結んだ。

「野比先生……心理学をやればわかるんですか？」

「わかるって、何がです？」

斉藤は保を見上げた。その目を見たら、殺人を諦めていないとわかった。

「あの野郎みたいな異常者の心理です。こんな真似をすると知ってたら……」

保は思わず腰をあげ、コーヒーカップを持って、さらに勧めた。

「砂糖とミルクはいりますか」

「いえ……このままで」

斉藤はギラギラした目でコーヒーを飲む。保は静かに喋り始めた。

「工業団地に近いアパートの一室で、小さい女の子が殺されたんですが」

斉藤は不思議そうな顔をした。

「その事件の第一発見者が、ぼくなんです」

「え」

保は悲しそうに微笑むと、斉藤が掛けているソファの端に目をやった。

「あまりに酷い殺され方で、詳しい報道はされなかったんです。ぼくはその部屋を借りるつもりで不動産業者とそこへ行き……ショックでした。とても人間がしたこととは思えなくて……記憶をなくし……気がついたら病院で……このクリニックのお世話になって、大学院も休学――」

それから斉藤に目を移す。

「――人生が完全に変わりました。もう二度とあんな事件は起こさせたくないと、研究を進めてきたんです」

「なんの研究？」

斉藤は眉をひそめる。

「斉藤さんは宮原を殺したいと言った。その気持ち……よくわかる」

「あいつが生きて早苗が死ぬなんて許せない。今だって、ここにあいつがいたら殺してやろうと思ってますよ」

「憎しみと悲しみは連鎖していく。斉藤さんが人を殺せば、あなたの両親や家族が苦しむ。宇田川さんのご家族も深く傷つきます」

「だからここへ来たんです。普通はそうだよ？　普通は人を殺そうなんて思わないよ。でも、俺は、今ならためらったりしませんよ。あの野郎を殺しても、良心なんか痛まない。むしろ世の中の為だと胸を張る自信があります……あんな……」

「ぼくがやると言ったよね？」

そう言うと、斉藤は保を睨んだ。言葉の真意を測りかねているのだろう。

「今から、斉藤さんにとって辛いことを話します」

それでもいいかと斉藤を見ると、彼は答えた。

「早苗を喪うより辛いことなんかない」

保は頷き、白衣の前で指を組む。そしてゆっくり話し始めた。

「宮原秋雄のようなタイプは、犯行の記念になるものを集めたがる。それを観ることで、繰り返し犯行時の快感を思い出すことができるから」

斉藤の顔が歪んだが、保は続けた。

「そのとき脳はβ－エンドルフィンやドーパミンという快楽物質を出している。脳内麻薬とも呼ばれるように快感として記憶され、繰り返し欲しくなるんです」

「そん……」

保は手のひらで斉藤の言葉を制した。

「一方で、脳には生存を持続するための危険回避機能も備わっていて、これが不安や恐怖などの情動を司る。情動を支配するのが扁桃体という部分です」

解剖学の講義を聞きに来たわけではないと、斉藤の表情が語っている。保は平易な言葉を探した。

「犯行時の映像を保存していたことからも、宮原には反省の欠片もないし、犯行を繰り返すことは確かです。思い出に飽きたら、より強い刺激を求めてエスカレートしていく。渇望するんです。麻薬が切れたときみたいに」

　斉藤は眉をひそめた。保は言う。

「ぼくの研究は、宮原のようなタイプが渇望したときに、快楽と恐怖を入れ替えるというものです。もちろん普通の生活をしている限りは起きようのない変化で、殺人現場を見てぼくがショックに陥ったような、それほどの衝撃を快楽と感じる殺人者の脳にだけ反応する仕掛けです」

「仕掛けって」

「脳の伝達回路を混乱させて、快感の代わりに怒りや痛みや不安を感じるようにする。ただ、これは繰り返し考えるタイプにしか効きません。仕掛けの効果が一過性なので、繰り返さないと治癒してしまうから」

「言ってる意味がわからない」

　斉藤は頭を振った。

「詳しいやり方を告げるつもりはないけれど、施術すれば犯罪者としての宮原は死ぬ。二度と女性を酷い目に遭わせることができなくなります。思い出すたび不安になるし、痛みを感じる。針の首輪か、茨（いばら）の冠を着けたみたいに」

「頭に何か仕込むんですか？　どうやって」

「例えば帽子。運送会社で使う帽子を使う」

「うっかり他の人が被ったら？」

「普通の人には影響しません」

「でも、それじゃ……」

頭の中を整理するように、斉藤はコーヒーをゴクゴク飲んだ。

「あいつに思い知らせてやることはできないでしょ。罪を犯せなくなるだけじゃ、早苗の恨みを晴らせたとは言えないじゃないですか」

「斉藤さん。ぼく自身が長いこと悩んで、考えて、今思っていることを言ってもいいですか？」

それはなんだと訊くように、斉藤は顔を上げた。

「事件のせいで、ぼくは凄まじい怒りに支配されるようになったんです。こんなことは初めてだったし、今も後遺症を抱えてる。ぼくは自分を持て余し、研究を進めることでしか立っていられなくなりました。でも一方で、ぼくにも大切な家族がいる。父一人子一人ですけれど、その父を悲しませることもできなくて……それで……人は殺さず悪癖を殺す。快楽的犯罪者を強制的に矯正する。犯罪者の部分だけ殺し去るという結論を出したんです。研究は試験段階に入ったところですけど、でも、たぶん、効果はあるはずです」

「それをすれば奴は苦しむ？　早苗と同じくらい苦しむんですか」

保は頷く。

「彼女を思い出すときは、彼女と同じ苦しみを味わうでしょう。そして今までのようには生活できなくなる。それは確かです」

「どうしてそう言えるんですか」

斉藤が座るソファの隅を、保は無言で指さした。抑えた色のクッションがふたつ、行儀よく並んでいる場所だ。

「あなたには見えませんか？　殺された女の子がそこにいる」

「え」

「最初に自分の頭で試したんです。ぼくに渇望はないけれど、激しいトラウマがあるから。施術後は頻繁にその子を見るようになりました。事件のことを思い出すと、そばにいるようになったんです」

斉藤は気持ち悪そうな顔で、クッションと保を交互に見つめた。

「なにを言っているのか、わからない」

保は頷き、こう言った。

「幻覚なのかもしれません。幽霊なのかも……でも、ぼくにははっきり見えるんです。死んだ子供がそこにいて、犯人を捜して欲しいと訴えている」

「あいつにも早苗の幽霊が見えるんですか」

「反応は様々だと思います。それに、仕込んでも経過観察ができなくて、実際にどんな反応が出ているのかはわからないんです。宮原はただ嫌がらせをしたという認識で、宇田川さんが亡くなったことも知らないでしょうから、幽霊は見ないと思う。ただし、ゲスな妄想で楽しもうとした途端、苦しむことになるはずです」

「そのほうがいい。早苗を幽霊になんかしたくない。あいつが早苗のことを考えるのも許せない。絶対に、許せない」

その言葉こそ真意だろう。愛する者を穢（けが）されて憤り、永遠に喪ったことにショックを受けた。斉藤は黙って何かを考えていたが、しばらくすると顔を上げて保に言った。

「俺が帽子を手に入れます。そうしたら、仕掛けをしてもらえるんですか」

「します。でも、どうやって」

「ピューマ急便はうちのシステムを使っています。あそこは車の管理を個人に任せているので、メンテナンスを口実に営業所へ行って……なんとかなると思います」

保と斉藤は策を練る。そして斉藤はこう言った。

「先生。宮原の野郎がしたことを逆手に取るのはどうですか？」

「どういう意味ですか？」

斉藤は身を乗り出した。さっきまでとは打って変わって、瞳が熱を帯びている。

「あいつは早苗にクソみたいなデータを送ってきました。だから今度はこっちから、ウィルスを送り返すんです」

「なんのウィルス？」

「俺は専門家ですからね。野郎のスマホにウィルスを仕込んで、映像を俺たちに送信させる。万が一の時はＧＰＳ機能で追跡して警察に通報できるし、施術後にあいつがどうなるか盗撮できます」

「たしかにそれなら結果が見える。頭にスイッチを仕込んでも、どのタイミングでＯＮになるのか、まだわかっていないんです。推測では、強く思い出したときや強く渇望したときだと思うんですが、まだ結果を見ていない」

「野郎がスマホのビデオを起動させるのは、まさにそういう時ですよ。警察にも通報できるし、本心を言えば、あいつがどう苦しむか、俺はこの目で確かめたい」

内線電話がピーと鳴り、甲高い声が室内に響いた。

——面談中に失礼します。中島先生、院長が戻られました——

斉藤はハンカチで口を拭うと、素早い動作で立ち上がった。

「また連絡します」

「あ、斉藤さん。宇田川さんのご自宅へ……ぼくがお悔やみに行ってもいいですか？」

斉藤は唇を少しだけ歪めて、真っ直ぐに保を見た。

「通夜は自宅でやるそうです。告別式は斎場の予定を聞いてますから、通夜に来てくださるなら、そのときにお知らせします」

「心からお悔やみを申し上げます」

その一言でこの感情を言い表すことは到底できない。

けれど二人は互いに深く頭を下げ、そして斉藤は出ていった。廊下で見送ったとき、ちょうど院長室のドアが閉まるところであった。

「自殺した？」

と、早坂は目を剝いた。学会から戻って背広を脱ぐ間もないタイミングで、保は早苗に起こった不幸について報告したのだ。

「なんてことだ」

早坂は深く両目を瞑り、それから目を開けて背広を脱いだ。

彼のデスクには鞄の他に、医学書やパソコンに交じって東京拘置所の報誌がある。拘置所の封筒の脇には、USBメモリが載せられていた。

背広を椅子の背もたれに掛け、早坂はネクタイをゆるめて白衣を羽織った。

「順調に回復していたというのになあ……なんて卑劣な」

「同感です」

冷静な受け答えをしようと努力しても、声に怒りが混じってしまう。早坂はそれに気付いて保の顔色を窺った。怒りそのままに保は告げる。

「院長。ぼくは宮原の脳にアタックします」

早坂は椅子を引き出してそこに掛け、額に指を置いて椅子を回した。

「……そうだな。それが正解だろう」

誰もが同じことを思うのだ。こんな話を聞いたなら、誰だって怒りに震える。下せる鉄槌を持っているなら、それを振り下ろすことに何の躊躇いがあるだろう。

「許可を下さい」

早坂は顔を上げ、「初めてだね」と保に言った。

「きみが自分から誰かの脳にあれを仕込みたいと言うのは初めてだね。私は止めない。

もちろんだ……こちらも事後報告になって悪いのだが……」

早坂は白衣の下に手を入れて、ワイシャツのポケットをまさぐった。保の目の前で手を広げたとき、そこには指輪と、フィルム状の受容機が載せられていた。

「黙って借りたよ」

保は驚いて息を呑んだ。指輪のケースが動いていたとは思ったが、中身は確認しなかった。まさか早坂が、無断で装置を持ち出すとは思わなかったからだ。

「発表したんですか？　学会で？」

「そうじゃない。使ったんだよ。ある男にね」

自分もそれをするつもりだったにも拘わらず、保はショックを受けた。

「誰ですか。ある男って」

「溝旗という男だよ。悪名高い心療内科医だ」

「同業者じゃないですか」

「そうだよ？」

何が悪いと訊くように、早坂は唇を歪めて笑う。

「私のクライアントには、溝旗の被害に遭ったことで、本来の疾患に加えてＰＴＳＤに苦しむ女性が三人もいるんだ」

保は疑わしげに両目を細めた。

「レイプだよ。診療室で、薬を使って」

もはや何をか言わんやだ。メンタルクリニックへ来る人は誰もが心の問題を抱えているが、心身のバランスを欠く原因が他人の悪意であるケースを目の当たりにすると、世の中はどうなっているんだと叫びたくなる。

「何を隠そう溝旗の奥さんもクライアントでね。彼女には離婚を勧めているんだが、溝旗はそれがストレス要因となってエスカレートした。ただ、被害者本人の意識がないうえ、密室での犯行だから立証が難しくてね」

「じゃ、証言だけで犯行を疑っている？」

「いいや。奥さんも含め、彼女たちは同じ性病に罹っているし、証言も等しいから間違いはない。溝旗は毎年肩で風切って学会に来るんだ。昨夜も懇親会でしこたま呑んで、私が指輪を使って介抱したんだ」

保が声を失っていると、

「無罪ならスイッチは入らないんだから、心配するな」

と、早坂は言った。

「それより溝旗の携帯にもウィルスを仕込みたいんだがね。複数のデータを取るのはのかな」

大切だし……ああ、そうか……奥さんに離婚は少し待てとアドバイスしたほうがいい

「更生する可能性があるからですか？　ぼくにはそうは思えません。犯罪は行えなくなるはずですが、そのストレスでまた別の問題が」

「うん。いや……いいんだ。たしかにその通りだな」

早坂は曖昧(あいまい)な返答をした。

「とにかく溝旗のその後は確認したい。ウィルスが欲しいね」

早坂は指輪とフィルム状の受信機を保に返した。手にフィルムを埋め込んでいない早坂は、両方を駆使しなければ脳を腫(は)らすことができない。相手が酩酊(めいてい)したのは好都合だったのだ。

保は早坂に返された銀の指輪を右手の中指にはめ、フィルムはポケットに押し込んだ。溝旗の話題にはもう触れず、少年鑑別所の電話について早坂に告げた。

「やはり、真犯人は晋平くんではありません」

単刀直入に告げると、「そうだな」と早坂は頷(うなず)いた。

「晋平くんが犯人ということで終わらせてしまっていいんですか」

「結審したんだ。どうにもできんよ」

早坂は言う。

「明確な証拠があれば別だがね、被疑者が描いたマンガだけでは証拠にならん。晋平くん自身が自白しているんだし、違法な捜査だったわけでもない」

「でも、このままにしておけば、また犠牲者が出ます」

「兄に会ってみたのかね？」

「まだですが、今も体育教室で子供たちを教えています。ネットで検索してみたら、場所を移して現役スタッフとして名前が載っていました」

「中島くん」

早坂は身を乗り出して、保の右手に視線を注いだ。

「私たちの研究は、そのためにあるんじゃないのかね」

小さな指輪に重みを感じた。早苗の無念に心が痛んだ。どうしていつも罪なき人が犠牲になって、犯行を止めることができないのだろう。どうしていつも犠牲がなければ捜査が始まらないのだろう。それでは遅い。遅すぎるのに。

「今夜は宇田川さんの通夜なので、仕事を一件終わらせてから直接深川へ行きたいのですが。あと、スーパービジョンは告別式が済んでからでもよろしいでしょうか」

早坂は快諾し、また言った。

「ウィルスのアプリが手に入ったら、女性に火を点けるのが趣味の笹岡にも感染させよう。もちろん晋平くんの兄にもね」

そしてこう付け足した。

「中島くんなら容易いだろう？　もともと工学畑にいたんだから」

死んだ少女は相変わらずそばにいて、保の白衣をつまんでいるが、それを振り払うこともせず、恐怖に悲鳴を上げる勇気すらない。だから自分はダメなのだろうかと、保は心でため息を吐いた。

院長室を辞して廊下を戻って行くときも、少女はすぐそばにいた。もはや自分の一部が少女になってしまったのか、それとも心が乗っ取られたのか、保にはわからなくなっていた。

柏木晋平の兄は事件当時もボランティアで体育教室の先生をしていて、殺害された子供たちは晋平とも兄とも面識があった。体育教室は三人の子供たちの学区に近い総合体育館で月に二回行われていた。

殺人が公になったとき、未成年の晋平は本名を公表されなかったが、柏木一家は隣町へ越し、兄もボランティアをやめている。ネットで検索した結果、現在は民間経営の体育塾に籍を移して低学年のクラスを受け持っていることがわかった。柏木の教室は随時見学者を募集している。

昨夜は一睡もしていないので、雲の上を歩くかのように足下が覚束ない。反面、頭は異常に冴えて、五感が鋭くなっていた。その体育塾は駅前にある商業ビルのフロアを壁で仕切って、幼児から小学生までの子供たちを教えている。ゲームセンターの横に設えられたカラフルな壁には、体育塾の看板と時間割が掲示されていて、おもちゃのお城のような窓から内部が覗けた。床にマットや器具を置き、子供たちが跳んだり跳ねたりするのが見える。ドアを開けると申し訳程度のカウンターがあって、保に気付いた女性スタッフが駆け寄ってきた。

「いらっしゃいませ、こんにちは」

塾のロゴ入りシャツに『坂木』と名前が刺繡され、ピンクの短パンを穿いている。

「あの……少し見学できますか？」

女性スタッフは笑顔になって、「もちろんです」と保に言った。

「では、こちらのアンケートにご協力頂けますか？」

クリップボードに挟んだアンケート用紙を渡してくる。

「どうぞ、そちらへおかけになって書いてください」

壁際にカラフルなベンチがあって、小さな丸いテーブルが置いてある。保はベンチに座り、膝にクリップボードを載せて書面を書いた。住所氏名に電話番号、塾へ通う児童との間柄、何を期待して通わせるのか、この塾をどこで知ったのか……経営に役立つ個人情報をよこせというのだ。本名と寮の住所とスマホの番号を書き、児童との間柄は『甥』とした。期待する成果には『協調性』と書き込んで、ほかのマスを埋めていると、「いらっしゃいませ」と、頭の上から声がした。

見上げると、厳つい体の青年が微笑みながら立っていた。胸の刺繍は『柏木』だ。この時間のスタッフが、柏木、児玉、坂木だということは、下調べして知っている。兄は父親の連れ子で、晋平は両親の間に生まれた子供だが、二人はあまり似ていない。柏木の顔はツルリとして、ビックリしたような目をしている。成長しすぎたキューピー人形のようだと保は思った。アンケート用紙を覗き込み、

「甥っ子さんのために見学ですか？」

と訊いてくる。

「はい。姉の子供なんですけど、ぼく同様に運動音痴で」

「運動音痴？　まさか」

と笑う。保は表情と目の動き、そして足先を観察していた。表情や言葉は取り繕えても、体や目の動きは誤魔化すことが難しい。柏木のそれは、保に取り入って契約を取り付けることに注力していた。

「本当なんです。運動の楽しさを教えてあげたいんだけど、ついていけるか心配で、ちょっと見学させてもらおうかなって」

柏木は手を伸ばしてクリップボードを受け取ると、わずかな紙の曲がりを几帳面(きちょうめん)に修正した。マスが埋まっていないことも気になるらしく、保に訊(たず)ねる。

「甥っ子さんは何歳ですか？」

被害者たちは晋平に似ていた。童顔で体が小さい子供ばかりだ。

「八歳ですけど小さくて華奢(きゃしゃ)なので……」

柏木はチラリと保を眺めた。自分を通して甥の容姿を探っているのだ。

「大丈夫ですよ。ここはどちらかといえば体を動かすことに慣れていくプログラムが中心なので、もっと専門的な運動をしたい子は、それ用の教室を案内することになっているんです。ここは初心者向けですね」

アンケート用紙に年齢を書き足すと、クリップと垂直になるようエンピツを挟んで、柏木はそれを女性スタッフに預けた。思い出したように保の手を見る。

「カッコいいですね」

「え？　あ、これ……」

中指の指輪を言うのであった。早坂が勝手に持ち出すことがあってから、必ず身につけている。

「でも、ぼくには似合ってませんよね？」

「そんなことありません。お似合いですよ。ぼくは指が太すぎて、合うサイズがないんです。どうぞこちらへ。大したことないですけど、一応施設の説明をします」

子供たちはマットで前転や側転の練習をしている。跳び箱をやっている子供もいる。どの子も友だちと一緒にいるのが楽しいようだ。フロアはさほど広くなく、シャワーなどの設備もなさそうだった。

「洗面所で手や足や顔は洗えますけど、基本的には着替えを持ってきて頂いて、入浴やシャワーは自宅でお願いしています。設備にお金をかけるより、先ずは安価で楽しんでもらって、体を動かす習慣を持って頂くというコンセプトです。塾は月に二回で、一回が約一時間。料金は……」

保を案内しながらも、柏木は時折生徒を振り返る。

熱心な指導者なのかと思えばそうではなくて、活発に側転を繰り返している一人の子供を見ているのだった。ここへ来たときから、保もその子に注目していた。晋平と同じタイプだからだ。少年を見る柏木の目は熱を帯びている。頭の中で何が起きているのか想像するとムカついて、保はメガネを押し上げた。

「先生はこのお仕事が長いんですか？」

訊ねると、柏木は「え？」と言った。別のスタッフが少年を補助する様子に夢中になっていたのである。

「ああ、ええと、ここはまだ一年くらいです。でも、前に他でも教えていたので」

「やはり子供が専門ですか？」

「いえ。子供から学生まで色々でした。体育系の大学へ行っていたもので」

「どうりで立派な体ですもんね――」

少年の薄い胸を突き通すのも容易いはずだ。

「――ぼくはからきし運動音痴で……ダメなんです」

柏木は笑った。

「あまり筋肉がつくのもねえ」

「肉体はしなやかなほうが美しいとも言えますし、それぞれですよ。あ、そこがトイレで、こっちが更衣室。更衣室と言ってもロッカーなどはありません。貴重品は持って来させないで貰うほうがいいんですけど、お迎えの都合もあるので携帯電話などはスタッフが集めて事務所で保管しています」

なるほど、被害者たちにメールを送れたのはそのせいだ。この男に妄想を抱かせたのが弟の晋平で、心臓を突き刺したいのも晋平だ。それをすれば容易に犯人と認定されるから、身代わりで我慢した。晋平が戻れば、柏木は、我慢できずに弟を殺すかもしれない。そう考えたとき、保は殺された少年たちが目の前に立っているのを見た。白濁した目を見開いて、心臓から血を流して。

「はっ」

驚いて口を押さえると、柏木が振り向いた。

「どうしましたか」

「いえ……あの……お水を一杯、頂戴してもいいですか？」

猫のように目を細めて柏木は笑う。

「もちろんです。お水と言わず、スポーツドリンクがありますよ」

そう言って更衣室の脇にあるスタッフルームの扉を開けた。

狭い室内にスポーツドリンクを入れたショーケースがあり、脇には事務机と、奥にスタッフ用のロッカーが並んでいる。強迫性障害があるせいですべてが整然と片付いている。柏木はショーケースの前に跪き、飲み物を取り出すために屈んだ。シャツが引っ張られ、短パンの尻ポケットにキーチェーンが見えた。キーホルダーが三つ留めてある。サッカーボールに、クマに、緑色のフクロウだ。

その瞬間、保の中で何かが切れた。作為もなく、声も立てず、保は柏木の背後に迫り、覆い被さるようにして頭部に触れた。脳に腫れを作ったのだ。

柏木は驚いて振り返ったが、何かされたとは思わなかったらしい。

「大丈夫ですか、真っ青ですよ」

保が自分に倒れかかったと勘違いしたようだ。言葉通りに保は蒼白になっていて、そのままスタッフルームの床に屈んだ。

「ちょっと、おい、あんた」

その呼び方に柏木の本性がにじみ出る。

「……すみません。大丈夫です。なんか急にフラッとしちゃって」

保がメガネを押し上げると、柏木は顔を歪め、手を取って立ち上がらせた。

「脱水したんじゃないですか？　これ飲んで」

ペットボトルの封を切ってくれたので、受け取って半分ほど一気に飲んだが、意図せず足が震えるようだった。柏木は入口までついてきて、入会申込書とパンフレット一式を丁寧に揃えて保に渡した。

「郵送でもネットでもかまいませんので、ご提出頂ければ案内状を送ります」

事務的な説明は保の耳をすり抜けていく。保はもう、彼が肌身離さず持っていた『記念品』のことしか考えられなくなっていた。

間違っていない。自分は間違っていないはずだ。

逃げるように商業ビルを出て空を仰ぐと、飛行機雲が青空を一直線に切り裂いていた。

第五章　母親を殺した少年

　宇田川早苗の告別式は身内だけのひっそりとしたものだった。遺体はすぐさま荼毘に付されて、結婚式のドレスを試着した早苗の輝くような遺影だけが、生前の彼女を偲ぶ縁となった。親族だけの御斎に保は顔を出さなかったが、斎場を出ようとしたとき斉藤が追って来て、駐車場の隅でこう言った。

「宮原秋雄にウィルスを送りました。エロビデオの無料視聴キャンペーンを装ったら、すぐにアクセスしてきましたよ。奴のスマホは感染しました。あと、それと」

　斉藤は辺りを見回して、

「例の帽子を宮原の車に置いたので、明日にでも回収してきます」

「大丈夫ですか？」

「楽勝ですよ。あの野郎は仕事終わりに必ず八王子西のインター下へ車を止めて、立ち小便をするんです。殺人事件があった場所なんですが、供えられた花に小便をかけてやがるんだ。あの野郎が犯人なんじゃないかと、俺は思ってきましたよ」

宮原が殺人現場に日参していることは早坂から訊いて知っていたが、まさか、そんなことまでしていたなんて。

「そのとき帽子をすり替えて、証拠は処分しておきます」

「……ひどい……まさかそこまでとは」

「おかげで仕事が楽でした。どれくらいで効果が出るんでしょうね」

「帽子を被れば数秒で。ただ、結果を知る術がない」

「そっちのほうも大丈夫です」

そう言うと、斉藤はその場でソフトを送ってきた。

「宮原に感染させたウィルスのツールです。これで先生も映像を見られますよ。ずっと見張って通報してやる。それが俺の復讐です」

「ついに走り出したんですね――」

保は静かに呟いた。

「――正直、迷いがあったんです。非道な行いをするとはいえ、他人の脳をいじることには倫理的な畏れがあった。もしもそれが許されるなら、脳科学や脳神経外科の分野で、人はまた暴走するんじゃないかと」

ロボトミー手術が起こした不幸は脳科学者のトラウマだ。誰もが同じ轍を踏むことを恐れている。

「難しいことはわかりませんけど、俺はただあいつが許せないだけです」

野比先生、今日はありがとうございました、と、斉藤は頭を下げた。

「斉藤さんは、これからどうされるんですか」

「予定通り中国へ発ちます。日本にいても辛いだけですから」

「そうですか」

それ以上何が言えるだろう。銀の指輪をはめた右手を、保は差し出す。

「お元気で」

「早苗の両親のこと、頼みます。何かあったら先生のクリニックへ行くように伝えてあるんで。通夜にも葬式にも来て頂いて、二人に先生を紹介できて、それで少し安心しました。早苗も同じ気持ちでしょう」

「斉藤さんも。こんなストレスはありませんから、無理せずに、ぼくでよければいつでも電話……メールでもいいし、してください」

「行く先が中国ですからね。こっちみたいに連絡がつかない可能性もありますが……あと、それに、電話じゃ診察料を払えませんよ？」

保は彼に微笑んだ。

「いりません。ぼくもツール代をオマケして貰うつもりだし」

斉藤はようやく白い歯を見せて、保の右手を強く握った。

「それじゃ」

「はい。それじゃ……」

おそらく二度と会うことはない。互いにそう感じながら、保と斉藤はその場で別れた。斎場の二階にある御斎会場から早苗の両親が見下ろしていたのを、振り返ってから保は知った。あの人たちとは葬式ではなく結婚式で会いたかった。そう思ったら、ずっと堪えていた涙がポロポロこぼれた。罪もない人が酷い目に遭って、家族や恋人や友人たちの人生を変える。そんなことが許されていいはずがない。

けれど、魂の裏側から湧き出してくる怒りという名の魔物が保は怖い。

それに心を乗っ取られれば、やがて、あの子に飴玉を詰め込んだ犯人と一緒になってしまうのではないかと思えたからだ。

斉藤にもらったウィルスアプリを、ＤＶ加害者の笹岡と心療内科医の溝旗に感染させた。柏木の兄に関しては、送りつける術がなく断念した。

斉藤の思惑とは違って、宮原はなかなかビデオを撮ろうとはせず、笹岡や溝旗にも動きはなかった。あれほど深く悩んだというのに、早く成果を確認したい気持ちが逸って、保は自身の身勝手さに歯がみした。被害者が出ることなどこれっぽっちも望んでいないのに、成果を確認したい気持ちはいったいどこから来るのだろう。

犯罪を止めたいあまり大切なことを忘れてはいないか。凄惨な事件を見すぎたために、通常の価値観や感覚から離れすぎてしまったのではないか。

ウィルスを仕込んだアプリが起動しないのはいいことなのだと、保は何度も自分に言った。脳のスイッチが腫瘍にならずに消えたなら、彼らはえん罪だったということだ。保は怯え、そして祈った。神をも許さないと誓った思いが、人を傷つけるためでなく、守るためのものでありますようにと。

数日後。産婦人科医の紹介状を持った女性がクリニックを訪れて、早坂から内線で新規クライアントの面談をする気があるかと聞かれたとき、保はちょうど大友翔のカウンセリングを行っている最中だった。

「そうか、大友くんの受診日だったか。なら、いいよ、私のほうで引き受けよう」

早坂はそう言って電話を切ったが、正直なところ、保は大友よりも新規クライアントを担当したかった。

「大友くん、待たせてごめん」

受話器を置いて振り向くと、大友翔は患者用のソファで「べつに」と答えた。

彼がいると診療室の空気が凍る。大友は瘦(や)せて背が高く、無造作に伸ばした前髪がいつも目にかかっている。黒シャツにデニムパンツ、黒いデッキシューズという出(い)で立ちは、晋平が描いた『勇者』のようだ。細面で整った顔をしているが、薄い唇が大きく動くことはなく、何を訊いても話しかけても「べつに」と答える。

保はデスクに掛け直し、緩やかに指を組んで大友を見つめた。早坂が保護司の報告書を出せるよう近況を訊(たず)ねているのだが、今のところ引き出せたのは、「べつに」が二回だけだった。視線を合わせようともしないのに、眼球は小刻みに揺れている。膝(ひざ)に置いた手の指先がズボンの縫い目をまさぐっているのも、心をどこかへ飛ばして時間をやり過ごそうとしている証拠だ。そんな大友が饒舌(じょうぜつ)になるキーアイテムがひとつだけある。保は一瞬だけ目を瞑(つぶ)り、覚悟を決めてこう訊いた。

「お母さんのことを聞いてもいいかい？」

大友の目がギラリと光った。

「……ママ」と呟く。

「今でもお母さんの夢を見るかい？」

「夢は見ない」

「でも、思い出す？」

表情が一気に変わり、大友はジッと保を見つめ返した。自信に溢れ、高揚している。下半身に力が漲って、ズボンの前が持ち上がる。剝き出しの野性を見せつけられているようで、保は胸が悪くなる。

「思い……出す。今も、何度も」

「そういうときはどんな感じ？　後悔するの？」

大友は笑った。

「そんなわけない。こ、興奮と、快感を感じる」

そして体を揺らし始める。

「ぼ、ぼくは、ママのいいなりだった……それまでは……で、でも、初めてママに反撃した、したんだ」

興奮すると吃音が出る。考えが先走って言葉にするのが追いつかないのだ。リズムを取るように体をゆすり、そのときの快感を反芻するように瞳が光る。瞳孔が広がって、体から光を発するようだと感じることもある。そして保は思うのだ。

まだだ。彼は矯正できていない。条件が整えば同じ過ちを繰り返すだろうと。

「マ、ママは驚いて、こ、怖がって、泣いて、頼んだ」

「なんて頼むの？」

大友は保を見つめた。

「やめ、やめて。あんたのママに、何するのって」

その瞬間、大友の世界は逆転したのだ。

母親の逆鱗(げきりん)に触れることを恐れて、顔色を窺(うかが)いながら息を潜めていた少年は、支配者を粉々にぶち壊して殻を破った。初めて自我を確立したのだ。

「やめ……やめて……ゆる……ゆるして……ママはそれしか、言えなかった」

「許してあげなかったの？　きみは、どうして」

大友は頭を振った。

「ママも、許して、くれた、こと、ことなんか、ない」

それがどれほどの快感だったか、大友は飽きることなく喋(しゃべ)り続けた。今にも自慰を始めそうで、保は緊張し、苦しくなった。ガミガミとうるさい口を徹底的に破壊して、自分を見てくれなかった目をつぶし、あとは怒りでわけがわからなくなったと話して、大友はようやく落ち着いた。声が震えないよう気をつけながら、保は話題を戻す。

「じゃあ、今は八王子にいるんだね？」

住所を訊ねたいのに上手(うま)くいかない。興奮が去った大友は曖昧(あいまい)に頷(うなず)くだけだ。

「住所を教えて」

「……知らない。友だちの家に居る」

「どのあたり？」

「駅のそば」

堂々巡りだ。保は質問を変えてみる。

「仕事は？　みつけた？　今は何をしているの？」

「……ウエイター」

「ウエイターか。大友くんはイケメンだから人気があるだろうね。どんな店？」

「イタリアン」

「どこにあるの？」

「駅のそば」

人間と話している気がしない。大友は、保が心理学を専攻するきっかけとなった青年だ。彼の資質鑑別ビデオを観たとき、これほどまでに不幸な生い立ちを持つ少年がいたのかと驚愕し、心が突き動かされたのだ。

彼の資質鑑別は一問一答に少年が置かれた凄まじい状況と、母親による虐待のすべてが表れていた。大友は母を求めたが、母は親になることができず、我が子に男を求めた。役割を果たせないことをなじり、罵り、虐待した。大友は不能になり、混乱して自分を歪めた。母親は責め続け、ついに息子は爆発し、そして殴り殺された。

近隣住民が悲鳴を聞いて通報し、警察官が駆けつけたとき、大友は母親の血を浴びて笑っていたという。逮捕後は殺人を否認することもなく、少年院に収容された。心の闇は深すぎて、今も保護観察の対象だ。

「大友くん」

と、呼んだときだけ、彼の眼球は保に向いた。

「どう？　何か困ったことはない？」

大友は目を逸らし、「べつに」と答えた。

間抜け面したセラピストには、それで充分だというように。

大友が出て行くと保は窓を開けたくなるが、クリニックの窓は嵌め殺しなので、エアコンの換気機能を最大に上げ、いつもデスクで頭を抱える。疲労感に襲われて、それがすぐさま虚無感に変わる。保は大友の資料を開いた。

早坂が彼に関わって約八年、保が引き継いで二年になる。資料は分厚く、目を覆うようなデータが含まれている。母親と暮らしたゴミだらけの部屋。彼女が男を連れ込むたびに放り出された狭いベランダ。ゴミ袋とガラクタと室外機の間に獣の巣のような窪(くぼ)みがあって、大友はそこで寒さや日照りを耐え抜いた。空腹に耐えかねてビニールを噛(か)み、栄養不足と不衛生から潰瘍(かいよう)に冒され、母親が連れ込んだ男が見かねて病院へ運んだこともあったらしい。母親は大友にかまわず外泊し、そういうときは部屋にいられたが、大友に寄り添ってくれたのは、天井から吊(つる)された裸電球だけだった。

保は資料のページをめくる。警察が撮影した母親の惨殺体が現れる。

証言通りに頭部が破壊し尽くされ、人だったとは思われない。その凄まじいエネルギーは、大友が生まれてからずっと抑え続けていた怒りが爆発したものだ。愛されたかったことの裏返し。求め続けた愛の大きさ。顧みられない自分への嫌悪と、そんな自分を生み出した社会への怒り。呪縛(じゅばく)からの解放、新たな自己の確立だ。

歪みきった心をほぐすのに、どうすればいいかわからない。幼い大友は救わなければと思うのに、大人になった大友は罰しなければならないのだろうか。

保はメガネを外して目頭を揉(も)んだ。暗闇を手探りで歩いているような気がする。ため息を吐いて丸いメガネを掛け直したとき、ノックの音がした。

「はい。どうぞ」

「邪魔するよ」

入ってきたのは早坂だった。

「どんな具合だね？」と、聞いてくる。

「一進一退です、と言いたいですが、進んでいるとは思えない。大友くんは今も母親を殺した瞬間を快感と捉えています。それを語るときの饒舌さからして、繰り返し思い出しているはずです。性的な機能不全も回復できていないので、暴力に性的快感を求めて暴走するのではないかという怖さがあります」

「ふむ」

保のデスクに寄ってきて、保が見ていた資料をめくる。パラパラと音を立てながら、

「どうだろうね。彼に『潜入』してみるというのは」

保は泣きそうな顔をした。潜入すれば保は大友になる。大友に同情を覚えながらも、彼の体験を共有するのは怖い。答えられずにいると早坂は別の話を始めた。

「さっき、きみに担当して貰おうと思ったクライアントだけどね。産婦人科の紹介状を持ってきた」

「はい」

早坂は嚙みしめるように先を続けた。

「溝旗の被害者の一人だったよ」

もうたくさんだ。保の心は悲鳴を上げた。

「紹介状って……そういうことだったんですか？」

早坂は頷いた。指輪を無断で持ち出したのは、正解だったと言いたげだ。

「体に異常を感じて病院へ行った。まさか妊娠しているとは思わずに。当然だろう。本人は薬で眠らされ、心当たりがなかったんだから。事実を知らされてショックを受けて、それでうちへ紹介状をね。酷い話だ。聞いたら溝旗のところへは数ヶ月も通っていたそうだ。特別セラピーと言われて閉院後に予約させられて、そこで被害に遭ったんだろう。セラピーの翌日は薬の副作用で動けなかったと言っていたよ」

保は全身に蕁麻疹が出そうな気がした。自分自身が粉々になっていくようだ。

早坂はコーヒーメーカーの近くへ行って、甘くて濃いミルクコーヒーを作り、保のデスクへ運んで来た。自分はブラックのまま飲んで、立ったまま保を見下ろした。

「潜入してみようじゃないか。原因を知らずに対処法を探すなんて無理だよ」

濃厚なミルクと痺れる甘さのコーヒーを、保は我慢してひと口飲んだ。目の前にはイチゴキャンディーの包み紙がある。あの子の苦しみに比べたら、理不尽な殺人と闘うためならば……そして自分を叱咤した。

「……はい」

早坂は満足そうに微笑んだ。

「では閉院後に時間をとるから、ぼくの部屋へ来てくれたまえ」

早坂が出ていくと、空調の音だけが激しく響いた。保は両手で頭を抱え、かき回される空気の音を聞いていた。

夕方、斉藤文隆からメールが入った。予定が早まり、急遽中国へ発つことになったというのだ。時折は早苗の両親を気にかけて欲しい、遠慮深い人たちだから、何かあったら自分に連絡して欲しいと綴った後に、こう締めくくられていた。

――野比先生には大変お世話になりました。ぼくが言うのもおこがましいですが、早苗は先生に救われたんです。そのことだけは忘れずにいてやってください――

ハラハラと涙がこぼれた。人の悪意にまみれて、保の世界はねじれまくっている。怒りと悲しみ、絶望と諦め、激情と虚無感……早苗はそんな中に咲いた一輪の希望だった。彼女が幸せになることが保自身の幸せで、救いだった。斉藤のメールはそのことを強く思い出させた。

「ぼくは弱い」

保は初めてフォトスタンドを伏せ、額に手を置き、両目をつぶった。

もう辞めたい。ぼくには無理だ。もう無理だ。

ピー、ピー、と内線が鳴る。保は無表情でボタンを押した。

――中島先生。新規クライアントがご指名で、先生と是非お話ししたいと仰っています。電話がつながっていますけど、どうされますか？　今週は水曜の午前十一時の枠が空いていますが――

目を閉じたまま受話器を取った。

「申し訳ないけど……」

――東京拘置所の壬生さんだそうです。中島先生のお知り合いでは？――

保は目を開け、「電話に出ます」と言った。ボタンを操作し、壬生とつながる。

――中島先生。拘置所の壬生です。突然申し訳ありません――

いつもと同じ落ち着いた声だ。

「壬生さん、どうされました？　どこか具合でも……」

――はあ――

壬生は笑ったようだった。

——今ね……病院におるんですわ。腎臓癌なんですが、もう、移植しか助かる方法はないということで……ドナーの患者申請をね——

「え」

——なんですか、ポッンと待合室にいましたら、急に思い出したのが先生の顔で、こういうのはちょっと違うのかしれませんけど、先生はいつも真摯に受刑者の話を聞いてらっしゃるんで、電話してしまったんですが——

フォトスタンドを立て直し、保は両手で受話器を握った。

「違いませんよ。お電話くださってよかったです」

——罰が当たったんでしょうかなあ——

と、壬生は呟く。

「癌は病気で、罰なんかじゃないです」

熱を込めて言うと、低く笑った。

——拘置所じゃ私的な話ができませんから。いつか先生と話してみたかったというのもあるんです。いい機会だったんですかなぁ——

「もちろんです。お話ししましょう」

──コーラがね、好きなんですわ──

壬生は突然そう言った。

──子供の頃、ああいう飲み物は高級品でね、甘すぎるとか、歯が溶けるとか、理由を付けて親が買ってくれませんでね。でも、寿命がないなら好きなだけコーラを飲みたいですな。ペットボトルのやつじゃなく、昔ながらのビンのやつをね。あれが最高で、憧(あこが)れでした。今はなかなか売っておらんのですけどね──

「革命を起こしたデザインですものね。そういう話を、ぼくとしましょう」

保は空いていた時間を壬生の予約で埋めることにした。そして通話を終えたとき、どこへ行けばビン入りコーラを買えるだろうかということで、頭が一杯になっていた。

診療時間が終わると、保は院長室で間接照明の光を見ながら早坂のテノールを聞いていた。早坂はソファの脇に座って、保の額に触れている。

「大友くんが殺人事件を起こすより、ずっと前に戻ろうと思う。彼の幼少期が不幸なものだったのはわかっているが、成長できたのだから幸福な瞬間もあったはずだよ。私はね、人間の愛情は母親からもらって育てるものだと思っているんだ。もしも大友くんに幸福な時代があったなら、そこが改善の糸口になるはずだとね」

心地よいテノールが保の意識を侵蝕してくる。保は目を閉じ、静かに言った。

「彼の、人としての原点ですね」

「そうだ。大友くんの代わりにそれを見つけて欲しいんだ……力を抜いて」

保の前に大友翔が育った部屋が現れる。

「何が見える？」

と、早坂が訊いた。何度も見てきた資料写真が蘇り、立体的な空間になる。

「ゴミの山……脱ぎ散らかされた下着や洋服……あと、檻でしょうか」

「檻？　家の中に？」

「化粧品や香水など、触られたくないものに手が届かないようにしています。トイレの周辺を鶏小屋の金網のようなもので区切っている」

「大友くんはその中に？」

「母親が外出しているときは、そこに入れられていたようです。ベランダに出るか、檻に入るか、他に選択肢はなかった」

「大友くんは何歳？」

「三歳くらい……痩せている」

「いい思い出は？」

「ママが上機嫌のときだけはオモチャのように弄ばれた……それが欲しくて我慢する……いつも待ってる、母親が優しくなる時を。でも、そんなの、ほとんどない」

「母親はそばにいる？」

「酔い潰れて寝ています……目を開けない。彼はすり寄って、丸くなって眠る。母親は臭いと言って蹴飛ばした。彼は泣かない。ショックも受けない……夜になると母親は出ていき、戻って来ない。幾日も留守にする」

　そして保は「あ」と言う。

「誰かがポストに食べ物を入れました……事情を知っている誰かでしょうか。声がします。翔ちゃん、これを食べなさい。でも金網がある。空腹で、我慢できない……金網を噛み切っている。口も手も血だらけだ……ひどい……ああ」

　保は呟く。

「そうやって生きてきたんですね」

「誰が食べ物をくれたのかな」

「わかりません。食べ物がないときは母親のランジェリーをしゃぶっています。寂しいんだ。寂しくて、空腹で、体が痒くて、辛すぎて、考えることも、感じることも放棄したんだ」

ゴキブリを捕まえて食べた、と、保は言った。

「その時代は酷すぎる。もっと戻ってみよう。生まれた頃に」

読み込んできた膨大な資料。大友翔の人となり。それらが保を大友に変える。

不潔でゴミだらけの部屋に住み、母親の顔色を窺うほか生きる術はなく、それ以外の世界を知らない。保の心は遡る。大友翔がまだ新生児だった時代へ。

母親は若すぎて責任能力がなく、情緒不安定でわがままだ。人として息子に接する器量もなく、ぬいぐるみのように思っている。赤ん坊という名のぬいぐるみ。母子共に着飾って赤ん坊遊びをした後は、すぐ持て余して世話ができない。生まれ落ちた大友が一番多く目にしていたもの。それは母親の笑顔ではなく……。

「何が見える？」

「光」

「何の光だね？」

「……裸電球です」

「他には？」

「なにも」

「家族の顔は？　太陽や、月や、星の光は？」

「なにもない」

「母親に抱かれた記憶は？」

「ベッドに放り投げられた衝撃だけ……泣き声がうるさいと喚いてる」

泣く子の口を塞ごうと母親の手が迫ってきて、「あっ」と、保は顔を歪めた。ヒステリックな怒鳴り声と同時に枕を押しつけられたのだ。

「おい、中島くん、すぐに戻れ。戻るんだ」

早坂の許しが出たので跳ね起きた。顔に枕の感触が生々しく残っている。それは、まだ赤ん坊だった大友を襲ったものだ。保はショックで震え上がり、心臓がバクバク躍った。あれは大友に、世界はおまえを拒絶したと悟らせた瞬間だった。赤ん坊が泣くのは世界とつながることなのに、それすら拒絶されたのだ。

「大丈夫かね？　中島くん」

泣けば怒鳴られ、口を塞がれ、居場所がないと知らされる。だから大友は泣くのをやめた。彼が獲得したのはただひとつ。頭上に灯る裸電球の光だけだった。光の周囲を舞う埃、飛び交う虫と揺れる蜘蛛の巣、それが大友の世界のすべてだ。

「大丈夫じゃ、ありません」

保は静かに頭を振って、大友のために涙を流した。

大友の絶望と、虚無感と、感じることを捨てざるを得なかった人生を思うと、保は泣かずにいられなかった。

第六章　被害者たちの反撃

水曜日の午前十一時少し前。保は自分の診療室で壬生が来るのを待っていた。空いた時間に走り回ってようやく買えたビン入りコーラは三本だけで、保はそれを紙袋に入れ、テープで留めてデスクに載せた。

約束通りの時間に内線が鳴り、診療室がノックされる。保は出迎えてドアを開け、廊下に立っている壬生を見た。制服姿でない壬生は、ポロニットにカーディガンを羽織っていた。警帽に隠されていた頭は白髪で、思ったよりも額が広い。いつも影になっていた目は切れ長の一重まぶただ。

「お待ちしていました」

と保が言うと、壬生ははにかんで「どうも」と答えた。今日は室内を暗くしていない。ブラインドは外光を取り込むように調整し、すっかり高くなった空とウロコ雲が見える。観葉植物は葉の多い種類で、アイボリーの壁紙が黄色みを帯びて感じられる。

壬生は室内を見渡して、

「気持ちのいい部屋ですなあ」と、称賛した。

「どうぞ。入ってください」

クライアント用のソファを勧めてコーヒーメーカーのそばへ行く。

「コーヒーと緑茶と紅茶しかないんですけど、何を召し上がりますか？」

訊ねると、ソファの端に尻を乗せ、壬生は、

「先生にお茶を淹れてもらうなんて」

と、恐縮した。

「あまり上手じゃないんです。コーヒーは機械が淹れてくれるんですけど、緑茶と紅茶は『それっぽい飲み物』にしかならない気がして」

壬生は苦笑し、

「それじゃ、コーヒーしか選択の余地がないですなあ」

「ごめんなさい。砂糖とミルクはどうしますか？」

どちらも欲しいと言うので、砂糖を二つ、ミルクも二つ用意して出すと、壬生はそれをすべてカップに入れてかき混ぜた。保も自分のカップを持って、ソファの斜め前に座った。

「ドナーの患者申請は無事に済みましたか？」

「ええ、まあね。それも含めて寿命でしょう。わかってはいるんです。人はいつか死ぬものですから、命の期限を知らされたのは悪いことでもないのだと。それがわかればやるべきことを考えられます。そう思うんですが……」

コーヒーをかき混ぜていたスプーンを持ち上げて、ソーサーに置く。

「いざとなったら動揺してね。それで先生に電話してしまいました」

「当然です。誰だって動揺する」

「いや……」

カップの持ち手に指を掛け、壬生は俯いて首を振る。

「私はね、普通の人とは違うと思ってたんですよ。なんといっても受刑者を見てますからね。死刑に向かう者も見てきたし……だから一般人とは違って、死ぬことの覚悟は出来ているつもりだったんですわ。彼らを見送る仕事ですから、覚悟はね……」

そしてコーヒーを静かに啜った。

「お加減はいかがです？」

「体に発疹が出たりねえ、腹に水が溜まったり、ま、さほど支障はありません。間もなく定年だったんですが、早めに退官することにしました。ずっと田舎暮らしをしたくてね、目を付けた物件があるんで、思い切って買うつもりです」

「買ってどうされるんですか？」

「妻と一緒に土をいじって、採れたものを子供や孫に送ってね、田舎は人がいいですから、妻も寂しくならんと思います」

「ドナーが見つかる可能性もあるんですよ？」

「まあ、それはね。でも、ダメだったときのことも考えておかないと」

壬生はコーヒーカップをソーサーに戻した。その仕草で、保は彼がここへ来た真意は他にあるのではないかと思った。

「院長先生はお元気で？」

顔を上げもせず壬生は訊く。

「今日は鑑別所へ行っていますが、相変わらず精力的にやっています」

「鮫島の話は聞いとりますか」

「いえ……幽霊を見たようだと壬生さんが前に仰っていたのは知ってます。すっかり大人しくなったと院長に伝えましたが」

壬生は何度も頷いた。

「奴はいま警察病院に入院中です」

「え？」

よもや脳の腫れが原因で手足のしびれなどの症状が出たのだろうかと思って訊くと、壬生は意外な反応をした。

「中島先生は院長先生にビデオを見せてもらっとらんのですか」

「なんのビデオですか？」

壬生は上目遣いに保を見た。

「私が報誌に忍ばせておいたビデオです。南棟の監視カメラの」

「報誌……」

「院長先生に渡して欲しいと頼んだ、あれですわ」

確かに壬生から封筒を預かった。院長の記事が載っているからと言われた気がする。あの封筒にデータが入っていたということか。

「観ていません。もしや……鮫島の独居房を映したものですか」

「やっぱりね。そんなことだと思っとりました。電話したとき、先生があまりに普通だったんで」

「鮫島死刑囚はどこが悪いんですか？　ぼくのせいで」

「殺した相手と同じ目に遭ったんですわ。あれこそ罰ですよ。一人殺せば一人分、二人殺せば二人分、自分も同じ目に遭うと知ってたら、誰が惨い真似をしますか」

言っている意味がわからない。保はただゾッとした。

「監視カメラに映ってました。だから院長先生に渡したんです。いえ、責めようってんじゃありません。私はね、自分が善人とは言いませんが、悪人じゃないと思っとります。人間はみんな無色透明で生まれてくるのに、貧乏や、偏見や、いろんなことが重なって罪を犯してしまうこともあると、そんなふうに考えて受刑者たちに接してきた。でもね、悲しいことにそうじゃない人間もいて、鮫島なんてえのはそっちです。あれじゃ被害者が浮かばれない。遺族も、誰も救われない。そう思って院長先生に協力しました」

保は身を乗り出した。

やっぱり壬生は、早坂からスイッチについて知らされていたのだ。

「彼に何があったんですか？」

壬生は嫌そうに顔を歪めた。

「言ったとおりです。因果応報、自分がしたことを思い知らされたんですわ」

「誰が思い知らせたんです」

「誰も」

「誰も？」

「被害者の幽霊ですかな」

「幽霊を見たんですか？」

「見ませんが、他に考えようがないですわ」

ビデオを観ればわかると壬生は言う。他に言いようがないのだと。

「中島先生はとんでもない発明をしましたな。死刑じゃ生やさしい犯罪者だっているのです。そういう奴は他人の苦しみがわからないから、平気で悪いことをやる。でもね、自分が痛くて苦しい目に遭うのは厭なんですよ。反省なんかしなくていいから、ただ悪いことをしないで欲しい。私はね、鮫島がどうなったのか、みんなに見てもらいたいですよ。特に悪い奴らにね、見て欲しい」

「病院にいるということは、鮫島は怪我をしたんですか？」

「自分の頭を便器に打ち付け、血だらけになってましたよ。駆けつけてみたらヒイヒイ泣いてね。それでも生きてはおるんですから、幽霊は優しいですよ」

いったい何が起きたのか、そして早坂はなぜ、ビデオのことを自分に話さなかったのか。凄まじい速さで思考は巡り、保は気付いた。

学会で溝旗医師の頭にスイッチを仕込むためだ。鮫島に何が起きたか知ったなら、ぼくに反対されるから黙っていたんだ。

——離婚は少し待てとアドバイスしたほうがいいのかな——

斉藤文隆のウィルスを溝旗のスマホにも感染させたいと言ったとき、早坂はそう呟いた。あのときは、溝旗の更生を信じたのかと思ったが、まさか。

「死亡する可能性があると知っていた？　死ねば奥さんに財産が残るから」

早坂は正義感に溢れた人物だ。クライアントに対しても、常に最善の道を考える。彼のデスクには患者からの感謝状が積まれている。いつも、いつも。

その数は増えていくばかりだ。

「妻に残せる財産なんてありません。家だけですよ」

壬生に言われてハッとした。

「いえ。すみません、独り言を」

壬生は息子を見るような目を保に向けた。

「受刑者はみんな中島先生が好きですな。先生には、なんというか、険がない」

「ぼくなんか」

「先生といると安心しますな。ああいう施設は日常がないので、みんなストレスが溜まっとります」

自分の裏の顔を壬生は知らない。保はそれが苦しかった。神をも許さぬ激情を、犯人を殺したいほど憎んだことを、その思いに今も取り憑かれていることを。

壬生の視線が苦しくて、保は思わず席を立つ。

「あ、そうだった」

デスクに行って、壬生のために用意した紙袋を持って来た。

「これ、壬生さんに。探したんだけど、これしか手に入らなくて」

カチャカチャと鳴らしながら壬生に渡すと、

「なんですか」

壬生は受け取って袋を開いた。

「ああ……これは……」

「ビン入りのコカ・コーラです。憧れだと仰っていたので」

「私のためにこれを？」

「はい。なかなか見つけられなくて、せめて一ダース欲しかったんだけど」

壬生は目をショボショボさせて一本を引き出した。

「これだこれだ。そうですか……今はペットボトルや缶が主流なんですねえ。ありがとうございます。まさかこれが手に入るとは。家内と一緒に飲みますわ」

そしてしみじみとこう言った。

「……八王子西のインター下で女子高生が殺された事件がありましたなあ。事件が起きるまでは、あそこに自販機があったんですわ」

保は壬生が怖くなる。コーラの空きビンが使われたことも、何もかも知っていて、ここへ来たのかと勘ぐってしまう。壬生は保に視線を移して、こう言った。

「容疑者は証拠不十分で釈放されたんですよ。知ってますか？　そいつは犯行現場へ毎日行って、手を合わせるどころか、立ち小便をしておるんです」

早苗の婚約者と同じことを言う。

「どうしてそれを」

「なに、有名な話です。我々も勉強しますし、狭い世界で、裏の情報はすぐ入ります。受刑者も色々ですが、早坂先生同様に、私もそういう奴を許せなくてね。婦女暴行と子供の事件の犯人は、先ず間違いなく嫌われて狙われるんで、細心の注意を払う必要があるのです。入ってくるのを今か今かと待ち構えてる者もおりますのでね」

「待ち構えてどうするんです？」

「ボコボコにしますな。受刑者にも倫理観はありますし、なんと言ってもストレスが溜まっていますから」

壬生は紙袋を丁寧に閉じ、「ありがとうございます」と、もう一度言った。

「先生、頭のスイッチは、どういうときに入るんですか」

保はメガネに手を掛けて、フレームを直す束の間に自分の気持ちを整理した。

「犯行を望んだときや思い出したときだと思います。鮫島は被害者の頭を便器に打ち付けて殺害したので、用を足そうとしてそうなったんでしょうか」

「そりゃ難儀ですなあ。便器なしに用は足せませんから」

「壬生さん。僕たちの考えでは、飽くまでも精神の分野でそれが起きるはずでした。不快になる、痛みを感じる、気分が悪くなる、そういうことを繰り返していくうちに、犯罪で得られた快感が消えていく。そういうつもりだったんです。まさか自分を傷つけるなんて、そんな恐ろしいことがあったなら……」

「だからあれは幽霊です。鮫島にくっついていた亡霊が、やっと恨みを晴らしたんでしょう。母親まで殺したんですから、私に言わせりゃ生ぬるいくらいです」

「壬生さん。壬生さんまでご自分を貶めないでください。たとえ相手が殺人犯でも、誰かの不幸を願っちゃいけない」

「そっちは自分に任せておけと、先生はそう言われるんですな？」

保は苦しげに喘いだ。

「いや先生……殺人犯だから憎むわけじゃないですよ。人の風上にも置けない野郎だから憎いんで。私はね、定年までずっと先生たちを応援するつもりでいましたが、それもできなくなったので、こうして話しにきたのです。あそこでは話せませんのでね。鮫島や宮原なんて野郎はね、他人の命をおもちゃにする馬鹿者ですわ」

「でもぼくは」

「きれい事じゃないよ……奴らがしたことを見ればね、きれい事じゃない」

心臓がドキドキする。子供の口にキャンディーを詰め込んで、手足を釘で打ち付けて……おぞましくてそれ以上は考えられない。犯人は知るべきだ。あの子の恐怖、痛みと苦しみと悲しみを。知るべきだ。ぼくもそう思ったけれど。

「犯行時を思い出すと幽霊が来るんですな？」

壬生はコーヒーを飲み干して、帰っていった。

鮫島が病院にいる。拘置所内で何が起きたか知ろうとすれば、壬生が早坂に渡したデータを確認するほかはない。早坂が自分にそれを見せなかったことから察するに、鮫島は相当のダメージを負ったのだ。保は頭を押さえた。指先で頭皮を探っても、脳の様子はわからない。ＭＲＩ画像には腫瘍があったが、どう作用するのかは想像の域を出ていない。同じ腫瘍が発生している自分は確かに少女の幽霊を見る。でも、幽霊は襲ってこない。鮫島は違ったのだろうか。何がどうして、どうなったなら、実際に怪我をするのか。

「……何が起きたんだ」

考え続けても答えは出ない。早坂の帰りを待って、問い詰めて、監視カメラの映像を観せてもらうしかない。早坂が隠した鮫島のビデオを。

同じ日の夕方のことだった。在室表示を確認しながら早坂の部屋を訪ねるタイミングをはかっていると、スマホの着信ブザーが鳴った。

保自身はメル友を持たない。連絡が来るとすれば、ごく少数の、緊急性を懸念しているクライアントからのショートメッセージか、あとは斉藤文隆だ。スマホには見知らぬアイコンが浮かんでいる。保はメガネを掛け直し、アイコンをジッと見た。

誰かのウィルスソフトが起動している。映っているのは狭くて汚い台所だ。

――やめて、なにするの。お願いだから、言うこと聞くから――

誰かが懸命に叫んでいる。画面は揺れて定まらず、

――うるせえ。おまえは人以下なんだよ――

男の声がしてスマホが落ちた。手が映り、スマホを拾う。散らかった床に積み重な

った段ボール箱、新聞紙、床には埃がダマになり、大量のゴミが散乱している。シンクの上に窓があり、洗剤や油が並んでいる。これは笹岡次郎の家だ。

——やだ、やめて。ごめんなさい、ごめんなさい——

言葉遣いは女性だが、女性の声ではなかった。脱ぎ捨てた上着が映り込み、すぐに見切れて人物が映る。笹岡だった。犬の首輪を持っている。首輪の鎖をどこかに固定し、自分にはめた。あまりのことに、保は目を逸らすことができない。

——ここを動くなよ。言葉も話すな。ワンと言え、わかったか——

両目を炯々と光らせている。自分にきつく首輪を締めて、笹岡は泣き出した。

——泣くな。いいか、お仕置きだ。やめて。喋るなと言ったろう。ワンだ、ワン。ううう……ううう……お願い、やめて——

笹岡は自分の太ももにライターオイルを垂らして火を点けた。

——ぎゃーっ——

保は思わず口を覆った。笹岡は悶え、そしてすぐにまたオイルを垂らした。

——やめて、許して……ギャーッ！　ぎゃあああーっ——

スマホを握って立ち上がる。助けに行かなきゃ、と、廊下へ飛び出し、そこへ来た早坂に気がついた。

んだ。

「中島くん」

「院長っ」

保は早坂の腕を摑んで診療室へ引っ張り込んだ。

「これを見てください。笹岡さんが自分に火を点けている」

早坂にスマホを渡して考える。今から駆けつけても間に合わない。そうだ、救急車「救急車を呼べばいい。デスクへ走り、受話器を持ち上げたとき、早坂が飛んで来て右手を摑んだ。

「救急車を呼ばないと！」

「もう遅い。彼は死ぬ」

あのテノールで早坂は言い、そして保に画像を見せた。

笹岡は全身を焼いて痙攣していた。床が濡れ、失禁している。両胸や股間からブスブスと煙が上がっている。皮膚は裂け、血が噴き出して、画面全体が真っ赤であった。

そして、保が驚愕に打たれている間に動かなくなった。

動かない。真っ赤な肉の塊は、首輪の周りだけが白い。

「救急車……」

保はストンと床に崩れた。

「皮膚のほとんどを失った。まだ生きているとしても保たないよ。助けても苦しみが長引くだけだ」

保はすがるような目で早坂を見上げた。

「なぜ驚かないんです？　院長は、なぜ」

早坂は答えない。

「今日の午後、東拘の壬生さんが来たんです。鮫島は入院しているそうですね。院長は……」

「うん。監視カメラの映像を、ぼくは観ていたからね」

ぼくは観ていたからね？

早坂の言葉を反芻し、体が震えるようだった。

「院長は鮫島死刑囚に起こったことを、しっ……知っていて、ぼくの指輪を持ち出したんですか？　学会で溝旗医師に使うために。笹岡さんは死ぬんですよ？」

「ぼくの指輪ではなく、ぼくたちの指輪だよ」

そう言うと、早坂はニッコリ笑った。カメラを向けられた俳優が、観客を魅了するために見せる微笑みのようだった。保は立ち上がり、激情に駆られて部屋を出ようとしたが、脇をすり抜けるとき早坂に抱き留められた。

「まあ、落ち着きたまえ。中島くん」

「落ち着け？　人が、あんな」

その瞬間、腕にチクリと痛みを感じた。見れば白衣の上から早坂が注射針を刺している。世界がゆがみ、力が抜けて、保はクライアント用のソファへ運ばれた。

「鎮静剤だよ。心配いらない」

優しげな声で言う。

「きみがショックを受けるのはわかっていたさ。だから内緒にしておいたんだ。映像を観たら自分を責めて、プロジェクトを外れると言い出しかねない。そうだろう？」

「……ぼくに……なにを……」

早坂は保のメガネを外し、手のひらで瞼を隠した。

「眠りたまえ。心配ないから」

早坂のテノールが遠のいていく。頭の後ろから眠りに引きずり込まれて行くようだ。

引き換えに、自分のものではない思念が侵淫してくる。

――きみは怒りを忘れたか。残忍極まりないキャンディー事件を。もう二度と誰かをあんな目に遭わせたくはないだろう？　そのためならなんでもすると誓ったろう？

あれは嘘かね？――

嘘じゃない。嘘じゃない。

——殺人者と闘うには、殺人者になるほかない。甘い考えは捨てるんだ——

違う。殺すのが目的じゃない。救いたいんだ。

——目には目を。歯には歯を。そうでなければ連中は変わらん。こんなことは大事の前の小事だよ。連中を野放しにしておけば、まだ何人も罪なき人が犠牲になるんだ……その人たちを救うため、きみはすべてをかけるんだ——

捨てろ。良心なんか捨ててしまえ。その言葉を聞いた直後に意識が飛んだ。

数分か、もっと長い時間だったのか。

早坂のコントロールで目を覚ますとき、彼は保にこう告げた。

「柏木晋平くんのお兄さんが自殺したそうだ。晋平くんの心理矯正に影響が出るかもしれないからと、少年鑑別所の教官が教えてくれてね」

保はソファに横たわったまま、知らない誰かの不幸を聞かされているような気がした。心が疲れ、感情は動かず、殺人者の自分に納得していた。薬のせいでも、早坂の催眠にかかっていても、どうでもよかった。

「暗渠（あんきょ）で心臓を刺して亡くなったそうだ。弟の犯罪に悩んでノイローゼになったと、教官たちは思っているよ。私も、そうですかと話を聞いてきた。きみのおかげで晋平くんは救われたんだ。治療が終われば、彼を家へ帰せるよ」

晋平くんは救われた。治療が終われば、彼を家へ帰せるよ。

早坂は手柄のように言う。

暗渠で殺された少年たちの無残な姿が脳裏に浮かんだ。柏木晋平の怯(おび)えた顔も。そうではないと思うべきなのに、心がすり切れてしまっていた。

ぼくは何を望んでいたんだろうと、保は自分に問いかける。突き詰めて言うのなら、自分が望んだのは復讐(ふくしゅう)だ。罪を犯させたくないなんて、きれい事で包んで隠していただけのこと。あの子をあんな目に遭わせた奴を、同じ目に遭わせたかったんだ。院長は正しい。

答えもせず、動きもせずに、間接照明にぼんやり浮かぶ天井を見ていた。静かに涙が流れていたが、それだけだった。自分は死んだのだと思う。鮫島が自傷したとき、笹岡が焼け死んだとき、彼らにスイッチを仕込んだときに、中島保は死んだんだ。

今、ここにいるのは、冷酷無比な殺人鬼だ。

季節は進み、いつの間にか萩の花が散りはじめていた。晴れの日が続き、風は爽やかで、天気がよくても日差しはそれほど強くない。ハヤサカ・メンタルクリニックへ向かう道路の脇に萩が植えられていて、伸びきった枝に紫の花が咲いている。咲き乱れて散った花々が風に吹きだまり、カサカサと身を寄せ合って歩道に積もり、紫の霞が落ちたかのようだ。散った花は咲く花を見上げて何を思うのだろうかと、保は考えて苦笑した。何もかも思うようには運ばない。鮫島は入退院を繰り返し、笹岡の家は火事になり、柏木は死に、宮原秋雄のその後は知らない。斉藤からは連絡もない。

派手に咲き、派手に散りゆく萩の花は、情動だけが空回りする自分のようだと保は思う。地面に落ちて、風に吹かれて、街を汚すだけなのに。

クリニックのビルを見上げてため息を吐いたとき、スマホに着信があった。宇田川早苗のアイコンが浮かび上がっていた。

「もしもし？　中島ですが」

まさかと思いつつ電話に出ると、

「宇田川です」

と、初老の男性の声がした。

「お世話になった宇田川早苗の父親です。早苗の携帯電話からかけてます。先生の番号が登録されておったものですから」

保はスマホに耳を押しつけた。

「どうされましたか？」

「先生。ちょっと前に宮原秋雄が死にました。自殺か、事故か、殺されたのかわかりませんが、家にいっぱいパトカーが来ていたそうで」

「……え」

笹岡が自殺する映像を受信して以来、ウィルスソフトのデータは専用パソコンで受け取るように変更した。スマホに突然凄惨なシーンが送られてきたら、神経をズタズタにされてしまうから。そして、そのパソコンは、このところ電源すら入れてない。

黙っていると、早苗の父親は言った。

「家内と祝杯を挙げたいほどです。先生だから言いますが、できれば殺されてくれていたらよいとさえ思います。普通に死んだんじゃ、早苗が浮かばれませんから。どんなふうに死んだのか、知りたいです」

「宇田川さん……」

「閻魔様に叱られたって構わんですよ。私らは殺したいほどあいつが憎い。ただ……」

父親は突然すすり泣く。早苗を失ってしまったあとは、宮原への憎しみだけが二人を支えた。宮原に一矢報いることが、両親の心を強くしたのだ。二人はそれも失った。

「今から行きます。そちらへ行きます」

保は早足でクリニックへ向かった。

幸い今日はスーパービジョンを予定していて、セラピーはない。

「いえ、先生。そんなつもりでは」

「いいんです。早苗さんにお線香をあげさせてください。ぼくは早苗さんと斉藤さんから、お二人のことを頼まれたんです。今から行きます。お話は」

電話は突然女性に替わった。泣いている。

「野比先生……」

と、声が言う。母親だ。保は彼女に話しかけた。

「突然のことで驚かれたことでしょう。伺いますから話してください。思っていることを何でも。どんなことでも聞きますから」

「野比先生」

と、もう一度声は言い、そして電話は切れてしまった。ビルの一階でエレベーターを呼び、クリニックの受付を通って自分の部屋で、データ受信用のパソコンを立ち上げた。宮原秋雄の最期を観ているときに、斉藤から電話がきた。

——観ましたか？——

と、斉藤は訊いた。宮原のことを言っているのだとすぐにわかった。

「はい」

そう言うと、

——映像を動画投稿サイトにアップしました。URLを送ります——

と、彼は言った。

「どうして」

——見たら怒りが収まらなくて。でも、これできれいさっぱり忘れます。先生にも連絡しません。俺も……俺自身が壊れないためです。大丈夫。早苗の親たちはパソコンをやらない。俺の気が済んだら削除します——

有無を言わさず電話は切れた。

予想どおりに宮原は、レイプ犯でありながら殺人犯でもあったのだ。八王子西インター下で殺害された女子高生同様に、自分のレイプシーンを撮影しながら、自分で首を絞めていた。陰部にビンを押し込んで、カッターで下半身を切り裂きながら、七転八倒して死んだ。散らかり放題の自宅に倒れて。

第七章　スイッチを押す者

　宮原の壮絶な最期を早苗の両親に告げることはできない、と保は即座に判断をした。それで溜飲を下げたなら、あの善良な人たちの心が汚れる。人の苦しむ様を見て喜ぶなんて、普通の人にはできっこない。無理にそれをしようとすれば、もはや殺人犯との境界は曖昧だ。自分は本当に正しいことをしたのだろうか、それを見て彼らが「ざまあみろ」と言うことが、自分の望みだったのか。髪に手を入れ、かき回す。

　何が正しいのか、保にはもうわからない。ただひとつわかっているのは、一刻も早く早苗の家へ行かなければならないということだ。

　娘の無念を晴らすためなら、彼らは何でもするだろう。現地へ赴き、情報を得る。そして「ざまあみろ」と嗤ってしまう。そんなことをさせてはならない。

　在室表示を確認すると、早坂はまだ出勤していなかった。ためらうことなく本人の携帯へ掛けて、保は言った。

「宮原秋雄が死にました」

——おお。そうかね——

と、院長は言った。まるで待っていたかのように。

「申し訳ありませんが、本日のスーパービジョンを延期させてください。これから宇田川さんの家へ行きます」

——どうして——

どうしてって……。

「お父さんから電話があって知ったんです。宮原がなぜ、どんなふうに死んだのか、知りたいという電話でした。止めないと、ご自分で調べてしまう」

——映像は送られてきたのかね？　それを観たのか——

「観ました。院長の想像通り、彼は人を殺していました。自分の首を絞めたんです」

——そうか……何がスイッチをONにしたのか……中島くん、どう思う？——

受話器を持つ指先が、冷えて凍えるようだった。保は強い調子で言った。

「すみません。今は宇田川夫妻のことが心配です」

院長には何を言っても無駄だという思いが湧いて、あとの言葉が出なかった。

——それはいいんだが、治療が必要な場合はクリニックへ誘ってくれよ？　うちも慈善事業じゃないんだ——

満足そうに早坂は笑い、保より先に通話を切った。

早苗の実家は宇田川製材所といって材木の加工業をやっている。早苗が死んだ工場はすでにブルーシートが外されて、ひっそりとした佇(たたず)まいに悲しみがこびりついているようだった。住居は脇の戸口を上がった二階で、表札代わりの郵便受けがあるだけだ。戸口には忌中の貼り紙があり、その近くに呼び鈴がある。それを押して待つことしばし。——はい——と母親の声がした。

「ハヤサカ・メンタルクリニックの中島です」

しばらくしてから父親の声が——どうぞ——と言った。戸口を開けて階段を上がる。踊り場が玄関になっていて、早苗の両親が待っていた。保は居間に招かれて、祭壇の遺骨に手を合わせ、二人が並んで座る卓袱(ちゃぶ)台(だい)の対面に招かれた。

「先生……」

あとは保が話し出すのを待っている。

裁判を受けているようだと保は思った。娘のために、あんたは何をしてくれたんだと訊かれているような気がした。長いこと娘を診てきたというのに、どうして自殺を止めてくれなかったと、責められても仕方がないと思った。保はうなだれ、両膝の上に拳を乗せて、自分にできることを考えた。

宮原の死に様を知れば、この人たちはまた苦しむに違いない。そして、行き場を失った憎悪を、宮原の無惨を悦ぶことで慰めるんだ。

「……早苗さんは、歌がうまかったんです」

保がいきなりそう言ったので、二人は不思議そうな顔をした。

「それが、ポップスとかではなくて、『ア、ソレ』っていうやつでした。『飛ん～で～行き～たい、ぬしの～そ～ば』っていう」

「深川節ね？」

と、母親が言い、

「これわいさのさ」

と父親が唄った。

「あ、そう。それです。ぼくは踊れないんですけれど、聴いていると、身振り手振りをしたくなるような曲でした」

苦虫を嚙みつぶしたようだった父親の顔が、少しだけ緩む。

「職人たちが作業しながら口ずさむのを小さい頃から聞いていて、自然に覚えてしまいましてな。早苗は民謡が大好きでした」

「そう言っていました。深川のいいところをたくさん教えてくれた。早苗さんは恩人です。自信がなくて、おっちょこちょいで、頼りないぼくを慕ってくれた。おかげでぼくは仕事を続けてこられたんです……すみません。ぼくがもっと」

「早苗も先生のことが大好きでしたよ」

と、母親が言った。

「先生のところへ行った日は、帰りに必ずお土産を買ってくるんです。お団子とか、和菓子とか。そして細かな話をしてくれました。野比先生は『ドラえもん』の『のび太くん』にそっくりで、性格も似ているなんて言うものだから、あらぁ、そんな先生で大丈夫なの？　って、訊いたこともあったんですけど――」

「失礼だぞ」と、父親が言う。

「――でも、早苗はそこがいいのって」

「彼女が初めてクリニックへ来たとき、ぼくは遅刻して受付にいたんです。それで初期面談みたいになって……本来なら、宇田川さんのようなケースは女性の先生がつくんですけど、彼女がぼくを指名してくれて……考えてみれば、宇田川さんには最初からカッコ悪いとこばっかり見られていました。診療中にコーヒーをこぼしたとか、お砂糖をぶちまけたとか」

両親は顔を見合わせ、父親が訊ねた。

「そんなにしょっちゅうこぼすんですか？」

「はい。わりと」

うなだれると母親が両手を合わせた。

「いやだわ、私ったら、お茶も出さずに」

「おかまいなく」

彼女が台所へ立った隙に、保は父親を見て言った。

「宮原秋雄の死因についてですが」

父親が真顔に戻る。

「宇田川さんのお気持ちはよくわかります。ぼくでさえ憎しみを抱くんですから……どんなに、お辛いか……ど……あれ？」

そう言った時、堪えてきた悲しみが堰を切ったように溢れ出し、保自身が驚いた。

「すみません……こんなつもりじゃ」

ダメだと思うのに涙がこぼれ、アタフタとハンカチを出そうとしたのに見つからず、ようやく引っ張り出したのはティッシュであった。保はそれで目を拭ったが、一度決壊してしまった涙腺は止まってくれず、慟哭となって突き上げてきた。

なにやってんだ。ぼくが泣いてどうするんだ。

「す、すみませ……一番辛いのは……ご家族なのに」

母親が驚いて戻ってくる。父親は保の前に、箱ごとティッシュを差し出した。

「すみません」

抜き取って目を覆ったが、それでも涙は止まらない。様々な感情がない交ぜになって、早苗を失ったことの悔しさと憤りと悲しみがあふれ出す。父親も静かに泣き出した。母親は声を上げて泣き出した。

三人の体を撫でるかのように線香の煙が漂っていく。どう悲しんでも、後悔しても、何をしても、早苗が戻ることはない。泣きながらそれを思い知る。積み重ねてきた人生が崩れ落ちるのは一瞬だ。思うさま泣き、泣きながら早苗の人生を語り合う。

母親はアルバムを持ち出してきて、子供の頃に早苗が貰った賞状を見せ、母の日や父の日に早苗が描いたイラストや手紙を自慢した。保は徹底して聞き役に回り、事件後に診療室でしか知り得なかった早苗の人生を埋めていった。その人生がこれほどまでに立体的で、愛に満ちていたと知るのは喜びだったが、最後はそれが奪われてしまったことに行き着いて、絶望した。そこからまた幸福だった時代に舵を切り、結果として悲しみがぶり返す。話し、笑い、悲しんで、三人共に目が腫れて、喉が嗄れるほどに泣き、ときには大声で笑った。

心地よい疲れを全身に感じ、二人の表情に変化を見取って、保がようやく時計を見ると、とんでもない時間になっていた。

「うわ、こんな時間に！」

「あら。長くお引き留めしてしまって」

「お休みを取って下さったのかと思ってましたが」

「いえ、そうじゃないんです。あわわ……ごめんなさい。すっかりお邪魔しちゃって」

「いいんです。よかった頃の早苗を思い出せて楽しかったわ。私たち、ずっと怨み言ばっかりで……きっと早苗が、先生をここへよこしてくれたのね」

保が立つと、父親も立ち上がって右手を出した。

「いい先生でよかったですよ」

指輪をはめた手で握り返すとき、保は早苗の遺影をチラリと見た。座っていたので足が痺れて、保は立ったまま膝をさすった。

「大丈夫ですか」

と、母親が訊く。

「足が痺れちゃって」

まったく自分に呆れてしまう。

「無理せずゆっくりしていってくださいよ」

「ありがとうございます。でも、時間が……」

「なにかご予定がおありなんですな？」

「院長に診療のやり方を指導してもらうことになっていて……まだ見習いだから」

「先生も大変ですなあ。では、どうも、わざわざご丁寧に」

「先生、本当に大丈夫ですか」

「大丈夫、大丈夫です。それでは」

と頭を下げたまではよかったが、踵を返して階段を下りようとした途端、一歩目の足がずるりと滑り、保は階段を転げ落ちていた。ダダダダダン！　と騒音を立てて入口の建具に当たり、マズいと思ったらドアが引かれて、そのまま路地へ転がり出た。尻餅をついて、ようやく止まる。メガネは片耳にぶら下がり、リュックもブレザーもだらしなく脱げかけている。

「だ、大丈夫ですかっ」

そう訊いたのは宇田川夫妻ではなく、入口にいた女性だった。

保は慌てて立ち上がり、一番先にメガネをなおした。

「だ、だいじょうぶ。てか……痛ててて……腰、打っちゃった」

鉄階段を滑り落ちてきたせいで、尾てい骨が痛かった。

「先生っ」

宇田川夫妻が駆け下りてくる。

「この階段は、滑りやすいから、もう……」

入口は階段の幅しかないので、保と女性に塞がれて、母親は途中から下りられない。数段上に立ったまま、心配そうに手を揉みしだいている。

「いや、いや。大丈夫です。涙で前が見えなくて……すみません」

保は宇田川夫妻に頭を下げた。

「あの、これ……」

見知らぬ若い女性が差し出してきたのは、安全ピンで仮留めしていたブレザーのボタンだった。

「ありゃ、取れちゃったか」

だからぼくはダメなんだ。

「そのへんに、安全ピンも落ちていませんでしたか?」

「これですか?」

小柄で少しぽっちゃりとして色白で、頬が赤く、善良さをこねくり回して人間のかたちにしたような人だった。差し出された手が小さくて、載せられた安全ピンの金属感が不似合いで、小鳥の卵のような儚(はかな)いものを包むのに相応(ふさわ)しい手だと思った。

「あ、それだ。どうも」

保は安全ピンでボタンを留め直し、言い訳をした。

「出かけようとしたらボタンが取れてたんで、仕方なく」

この人の目に、自分はどう映ったろうと、考えることすら恥ずかしかった。

「先生、ほんとに大丈夫ですか」

路地まで下りてきて母親が訊(き)き、父親は隣で呆れている。

「大丈夫、大丈夫です」

答えて保はその場を離れ、小路の角を曲がる前にまた頭を下げようとして、自転車とぶつかりそうになった。

女性は宇田川夫妻と並んで立って、心配そうにこっちを見ている。

——きっと早苗が先生をここへよこしてくれたのね——

母親はそう言ったけど、三人並んだ彼らの姿は早苗の面影を思い出させた。

どこの誰かは知らないけれど、あんな女性がそばにいてくれたなら、宇田川夫妻の悲しみも、薄紙を剝がすように癒えていくはずだと思いたかった。


翌日。保は壬生から電話で東京拘置所へ呼び出された。

「先生。神さまって本当にいるんですな」

守衛室のすぐ脇で、壬生は静かにそう言った。

「南二十五号が死にました」

「え」

壬生の表情は、目深に被った警帽に隠れてよく見えない。彼は深くため息を吐き、

「無差別殺人を犯すような奴らでも、死にきれずに何度も被害者と同じ目に遭うと知ったなら、ああいうふざけた犯罪は止むことでしょう。だから彼らの死に様は、多くの人の目に触れるのがいいですなあ」

それから少しだけ歯を見せた。

保は、おぞましいものが大挙して足下から這い上がってくるような気がした。壬生

は知っている。自分たちが鮫島にしたことの意味を知っている。鮫島がどうなったかも知っていて……ハッとした。

「壬生さん。あのコーラは、まさか」

壬生は聞こえないフリをした。

「自殺にしても病死にしても異常な死に方だということで、法務官が検視依頼を出しまして、検死官が刑事を連れてきましたよ。まあ、監視カメラを見たら本人しかいないので、やっぱり自殺だったということになりまして」

鮫島は入退院を繰り返していたが、それでも幽霊は優しくて、命までは取らないと、壬生は言っていたではないか。

「どうして……だって、今までも」

「四人も殺してますからな。ようやっと罪を償い終わったのじゃないですか」

壬生のうしろに鮫島の血まみれの顔が見える気がした。

「遺体を調べましたけど、何も出ずにサインして帰りましたので、一応お伝えしておきますわ。あと、先生に報誌を置いていきますんで、今度おいでになったら受け取ってください。係の者に話しておくので」

「え？　壬生さん」

「私は今日で仕事を辞めるんですよ」

「待って下さい。壬生さん。まさかコーラのビンを」

「あれこそが、まさしく天罰ですわ」

お元気で、と壬生は言い、保を再び守衛室へ送った。記入を済ませて施設を出ると、通り雨がパラパラ降って、すぐに上がった。陽が射し込んでくるというのに、雲は厚く黒く渦巻き、予断を許さぬ空模様は保の心を写しているかのようだった。

鮫島が死んだ。四度にもわたる自傷行為の末に。

壬生が言う幽霊の意味を、保はようやく理解した。伝達経路を誤った脳は、刺激と快楽を渇望するあまり、一人の中に犯罪者と被害者を創り出したのだ。過去の犯罪を思い出して快感に浸ろうとすると、自らの肉体に暴行を再現してしまう。常人なら痛みで覚醒（かくせい）するはずが、シリアルキラーは快楽と恐怖を同時に味わいながら死ぬ。脳内スイッチがＯＮになれば、死ぬまでそれをＯＦＦにはできない。

保は彼らの渇望がそれほど強いと予測できなかった。残虐行為を反芻（はんすう）し、殺人の細部をトレースすると、すべてが自身に返るなんて、想像もできずにいた。

おぞましさに指輪を外そうとしたら、血だらけの小さな手が保の腕を押さえて止めた。真っ白な顔が目の前にあり、白濁した目玉が見上げていた。

──取っちゃダメ──

飴玉を吐きながら少女は言った。

──まだ犯人を捕まえてない──

保は震え、指輪から手を離し、小さな体を抱きしめようとした。ずっと裸で、傷だらけで、寒くて怖かったろうと抱き寄せてみても、夜気をかき寄せただけだった。

誰もいない部屋のなか、虚しさだけが身に染みた。

夜が明けて、出勤しても、保は鮫島の死について早坂に報告しなかった。犯罪者たちに仕込んだスイッチは、作動すれば自らが犯した非道を自分に反映させると早坂に告げたとき、早坂がそれを喜んだらと思うと、恐ろしかった。

院長室は患者からの感謝状で溢れている。少年たちの心理矯正に人生を捧げ、幸福を実現するのが夢だと早坂は言う。きみは犯罪を防ぎたい。ぼくは彼らを幸福にしたい。そのどちらもが、脳をいじることで実現可能だと思わないかね？　スイッチが上手くいったなら、次は大友くんのように不幸な子たちに、幸福で愛された記憶を与えよう。それが更生への近道になる。

あの院長はどこへ行った？　それとも、最初からいなかったのか。ぼくの心が汚れているから、院長を信用できなくなったのだろうか。スーパービジョンにも身が入らない。これ以上大友の矯正に関わることも怖かった。大友のような人間を救えないなら、自分たちの研究は殺人犯を罰するだけの凶器に過ぎない。その凄(すさ)まじい破壊力は、図らずも壬生を『残虐な刑死』を認める者に変えてしまった。

私たちが行くのは茨(いばら)の道だ。精神論やきれい事じゃないんだよ。

早坂のテノールが頭に響く。早坂は、だから彼らの死に様を見ても罪悪感に苛(さいな)まれずにいられるのだろうか。

苦しみ抜いて、保は決めた。約束通りに仇(かたき)をとろう。キャンディー事件の犯人を捜して、警察に突き出すのだ。そして早坂と距離を置き、研究から手を引こう。頭を休めて冷静になり、どうしたいのか考えよう。どう考えてもこれは罪だ。鮫島や宮原や笹岡を、ぼくは残虐なやり方で、これ以上ないほど苦しめて殺害したんだ。

世界は光を失った。保は彼らの残虐な欲望を、代わりに自分が背負った気がした。どこにいても血の臭いがする。あの日、古いアパートで嗅(か)いだ臭いだ。幼気(いたいけ)な少女の死の臭い。ああ……あの時からぼくは、血にまみれていたんだと、保は思った。

街路樹が色づき、風も冷たくなって、秋の終わりを感じる頃が保は好きだ。

空気が澄んで、夜には星が瞬き始める。父とマンションのベランダから星を見たのは、だいたいこんな頃だった。冬は寒くてベランダに長くいられなかったから。

電車の窓から外を眺めて保はそんなことを考えた。うっかり別の路線に行きかけて、予定より遅い電車に乗った。色々考えていると、あり得ないミスをする。週二回、一時間程度の面談をするために小菅の東京拘置所へ向かっている最中だった。

小菅駅で降りれば建物が見えるが、拘置所は敷地が広く、受付や手続きに時間が掛かるので余裕を持たなければならない。それなのに、保は毎度駅からダッシュで向かう。時々メガネを押さえながら走り慣れた道を駆け、今日も拘置所へ飛び込んだ。

毎度のことで守衛もあきれているが、書類や検査は手を抜かない。

「いつも慌ただしいですなあ」

「すみません」

「はい。けっこうですよ」

言われてまた走り出す。鮫島が死んでから、保は拘置所の面談で白衣を羽織るのをやめてしまった。彼らの前で白い衣装を身につける資格がなくなったように感じているのだ。拘置所内では壬生の後任刑務官が待ち受けていた。

「心理カウンセラーの中島です」

「お待ちしていました」

壬生よりずいぶん若い刑務官はそう言って、保を部屋に案内しながら、

「壬生から報誌を預かっていますので、帰りにお持ちになってください」

と言った。

「直接ご挨拶(あいさつ)できなかったので、手紙も入っているようです。守衛室にあります」

保は感謝し、仕事に入った。

拘置所には受刑者の心理ケアプログラムがある。不安や不調を訴える受刑者は、担当官に申し出れば順番を待ってカウンセリングを受けられるのだ。一人あたりの面談時間は約二十分と決まっているが、状況に応じて延びてしまうこともある。面談後、保は担当官に診断を伝え、よりよい接し方を提案する。なんだかんだと時間は過ぎて、また慌てて帰る羽目になる。

守衛室で報誌を受け取って壬生の手紙を開いたら、ＵＳＢメモリが入っていてギョッとした。保はそれをポケットに落とし、そのまま手紙を読み続けた。しばらくする

と、馴染(なじ)みの守衛がトイレから戻ってこう言った。

「先生。八王子西署の刑事さんが来てますよ」

刑事という言葉にドキリとして、保はメガネを押し上げた。

「ぼくに、ですか？　え、ここへ？」

守衛は笑った。

「先生に、というよりは、先生からも話を聞けないかと言われたので、一時間ほどで終わるんじゃないかと言ったんですが」

保は守衛室の周りを見たが、それらしき人の姿はない。

「もしかしたら、まだ待っているかもしれません。壁の向こうあたりですかね」

「なんだろう……まあ、いいや。ありがとうございます」

守衛にはそう言ってみたものの、鮫島の件だろうと想像していた。彼が異常行動を起こす前、最後に会ったのは自分たちなのだ。

秋の日射しは赤みを増して、構内の銀杏(いちょう)が黄金に輝いている。外の空気を吸い込みながら、追い詰められる犯罪者の気持ちはこんなものかと考えた。刑事と聞いただけで心拍数が上がるなんて。

道に出ると、若い女性が拘置所を囲む壁によりかかって、ひなたぼっこしているのが見えた。髪はセミロング。スーツ姿で、黒い靴を履いている。他に刑事らしき姿はなく、彼女だけだ。銀杏の葉っぱがハラリと舞って、彼女の足下に散っていた。

「えっと、あの、ぼくになにかご用ですか？」

声をかけると、彼女はハッとして振り向いた。丸メガネをちょいと上げ、本当にこの人だろうかと考える。どう見ても刑事とは思えない。

「守衛さんから、ぼくを待ってる人がいるとお聞きして。あの、なにか……」

小さくて、微笑む姿が可愛らしい。そう思っていると、

「ボタン」

と、唐突に彼女は言った。

「え？」

「まだ安全ピンのままなんですね」

そして再びクスリと笑った。

「ええっ」

保は耳まで真っ赤になって、ボタンを留めていた安全ピンをまさぐった。見えないように隠していたつもりだったのに。

「なんでそれを知ってるんですか？」

「前に、宇田川早苗さんの家でお会いしました」

そう言ってお辞儀する。保はメガネを持ち上げて、彼女の顔をまじまじ見つめ、そして、早苗の家の階段を盛大に転げ落ちたことを思い出した。

「あ、あの時の」

「藤堂比奈子と申します」

「はい……はい。あなたは八王子西署の刑事さんだったんですってね」

そのことは早苗の両親から聞いていた。とてもかわいい刑事さんで、事件を捜査するのもかわいそうなくらいだったから、先生のことを紹介しておきましたと、後から電話を受けたのだ。でも、そのまま忘れてしまっていた。

藤堂比奈子は拘置所近くの喫茶店へ保を誘った。家族経営の小さな店で、通りに植えた紫陽花の葉が窓から見える。奥の四人席へ案内されると彼女は訊いた。

「どうぞ。お好きなものを頼んでください」

そう言いながら、自分はコーヒーにするようだ。

「じゃあ、ぼくはクリームあんみつにしてもいいですか？」

「クリームあんみつ、お好きなんですか？」

「メニューにあったので、懐かしくなって」

彼女が注文している間に、保は拘置所の封筒を隣の席に置き、

「忘れそうかな？」

と呟いて、ブレザーの下に抱き込んだ。ひとつのことに夢中になると、すぐ他のことを忘れてしまう。おっちょこちょいな性格は、子供の頃から変わらない。

「いつも手ぶらなんですね。この前も」

封筒を覗き込むようにして、彼女は小首を傾げた。

「ぼくは忘れ物が多いから、スマホと小銭以外はなるべく持たないようにしてるんです」

宇田川家と拘置所、その両方に刑事が来たということが、保をますます追い詰めていく。初めて彼女を見たときは、優しげで温かそうな外見に惹かれた。そして彼女が宇田川夫妻と並んでいるのが嬉しかった。けれども、その人は刑事だった。保は、自分の罪に向き合えと、見えない力に言われているような気がした。

「私が刑事って、ばれちゃったんですね」

藤堂刑事はそう言った。

「宇田川さんのお母さんから、クリニックに若い女の刑事さんが行くかもだから、そうしたら、担当してあげて欲しいと言われたんです。あの子のために涙ぐんでくれた

優しい人だからと仰ってました。まさか、あなたがそうだとは」

とたんに彼女の目が潤む。早苗の死を悼んでいるのだ。

「それで、お話って？」訊ねると、

「いえあの、お話は……ですね」

彼女は首を傾げて頭をかいた。

「あそこで偶然先生をお見かけして、そうしたら、なんとなく声を聞いてみたくなったというか」

声を聞いてみたかった？　捜査の話じゃないのかと、保は髪を掻き上げた。

「いいですよ。なにを話しましょうか」

椅子に座り直し、テーブルの上で指を組む。そして彼女の瞳を見つめた。

一生懸命な顔をしている。被害者を純粋に思う顔。善良さを兼ね備えた熱い瞳だ。

あなたは何を調べているの？

保はそう訊ねたかったが、黙っていた。そんな自分を卑怯だと思う。

「えっと、ですね。先生は、あそこで受刑者の面談を行っていると聞きました。実際にはどんなことをされるんですか」

ようやく質問を見つけてホッとしたと、彼女の顔に書いてある。

「お話を聞きにいってます。大抵は、ご本人から依頼がある場合に面談するんですが、拘置所から頼まれていく場合もありますよ」

「ちょっと前に亡くなった、鮫島鉄雄さんをご存じですか」

「ええ」

コーヒーとクリームあんみつが運ばれてきて、会話は一時中断した。なぜ、宮原ではなく鮫島のことを訊くのだろう。考えながらあんみつの鉢を引き寄せて、気がついたときには黒蜜をすべてクリームにかけていた。

「……私もそれにすればよかったな」

と、彼女が呟く。鼻の下がちょっと伸び、物欲しそうな顔をしている。

「少し食べますか？」

「いえいえ」

そう言うと、若い刑事は山盛りの砂糖を四杯もコーヒーに入れ、ぐるぐるかき回してから、ミルクを注いだ。白い渦巻きがカップの中で回っている。

「なんかあれです。こういうシーンにはコーヒーが妥当かなって、思っちゃって」

素直な仕草が可愛らしい。桃色の求肥をほおばりながら、保は笑った。

「わかります」

「えっと、なんだっけ。鮫島さんをご存じだったんですね」

「ええ」

刑事になったばかりなのだろう。どう問えばいいか、考えあぐねているようだ。

「……と、鮫島さんは、自分から先生に面談を求めたんでしょうか。それとも拘置所の依頼でお会いになった？」

情熱だけが空回り、真相に辿り着きたくてもがいているのが見え見えだ。

「これは捜査ですか？」

「いえ……今のところはまだ……」

保はサクランボを脇によけ、真っ直ぐに彼女を見た。藤堂比奈子はあまりに刑事らしくなく、あまりに普通で、安心できる雰囲気を持った女性であった。罪を告白できるよう、神様がこの人を遣わしたのではないかと思うほどだった。

「鮫島さんの場合は、特殊な立場にある人のための定期プログラムで面談していたんです、求められたのじゃなく。月に一回程度。彼の場合は、十分ほどでしたか……」

死刑囚を担当するのは早坂だが、彼の代わりに報告書をまとめているので、内容は頭に入っている。だがそれも、鮫島が入退院を繰り返すようになるまでだ。

「彼が死刑囚だったからですね。どんなお話をされたんですか」

「基本的には、こちらから話すことはないのです。話を聞くほうが多い。鮫島さんの場合は食事の不満が多かったなあ。野菜が生煮えだとか、冷凍デザートが不味いとか」

「芋煮の話も？　されていましたか？」

「ああ」

と保は唇を嚙んだ。早坂のカルテで読んで、身勝手さに驚いたことがある。

「山形の出身だったからですね。場所によって作り方が違うみたいで、鮫島さんは、米沢牛を使った醤油ベースの芋煮が好きだったようですが……」

保は半分残ったあんみつの鉢にスプーンを差し込み、それきり食べるのをやめてしまった。鮫島が叔母を殺したきっかけは味噌味の芋煮だ。醤油ベースでなかったことに激昂し、叔母を殴り殺したのだった。保は比奈子を見て訊いた。

「鮫島さんは自殺だったそうですね。彼が医務部病院に入院してからは一度も面談していないのですが、四度目の自殺行為で亡くなったと壬生さんから聞きました」

「壬生さんって、南棟の看守さんのことですね。実は私、今日は彼にお会いしたくて小菅へ行ったんです。鮫島さんのことを詳しく聞こうと」

「壬生さんはお辞めになりましたよ」

「そう聞きました。でも、来年の三月で定年だと仰っていたのに、急に辞めるなんて変じゃありません？」

そう話すところをみると、彼女は以前に壬生とも会っているのだ。やはり鮫島についても警察が動いているのだと思った。

「なにか壬生さんを疑ってるんですか？　ちっとも変じゃないですよ。壬生さんは」

保はブレザーの下に抱えた茶封筒を取りだした。

「これ、東拘の報誌なんですけど、壬生さんがぼくに置いていってくれたものなんです。手紙も入っているからって、さっき、同僚の看守さんから渡されたんだけど」

保は茶封筒から壬生の手紙を出して比奈子に渡した。わずかな間ではあったけれども、保と交流できたことに感謝するとあり、突然拘置所を辞める理由についても病気の経緯を追って書かれていた。

「壬生さんは腎臓癌なんですよ。そのことで、しばしばぼくも相談にのっていたんだけど、最近になって、医者から移植手術しか助かる方法がないといわれたそうで。手紙にもあるように、残された時間を、ずっと淋しい思いをさせてきた奥さんと過ごそうと決めたみたいです。壬生さん、退職したら田舎暮らしをするのが夢だったんですよ。駒ヶ根に古い農家を買ってね、空気のいいところでドナーを待ちながら農業をやるそうで」

「先生に、遊びに来て下さいと書かれてますね……そういうことだったんですか」

比奈子はぐびりとコーヒーを飲んだ。

「ね、ちっとも変じゃないでしょう。でも、なんで壬生さんに話を聞こうと思ったんですか？　鮫島さんの自殺に不審な点でも？」

寒天の上でアイスクリームが溶けていく。徐々に追い詰められていく犯罪者の心理を体感しているようだった。比奈子はしばし逡巡し、思いきったように訊いてきた。

「先生……たとえばですが、自分の意思と無関係に、手足が勝手に動くなんてことはあるんでしょうか」

――あれは被害者の幽霊ですよ――

壬生の言葉が脳裏を過ぎる。

それをしたのは自分だと、保は告白したい衝動に駆られた。

「そりゃ、あるでしょう」

と、頷くしかない。

「え、あるんですか？」

けれど、突然それを告白して何になる？　普通の人には理解できない。恐らく誰も信じない。脳に仕込んだスイッチが犯罪者自身を殺すだなんて。いつの間にか比奈子の隣に、あの少女が座っていた。白くなった目でこちらを見ている。言葉には出さずとも、約束がまだ果たされていないと訴えている。保は考え、誠実に答えた。

「藤堂さんがどういう状況を想定しているのかわからないけど、たとえばひきつけや痙攣なんかは、本人の意思とは無関係におきる発作だし」

「そうじゃなくって、死んでいるというか、ほぼ死んだというか、そういう状況では？　たとえば、人が自分の心臓を三回刺すとか」

「ええ、なんですかそれ……オカルト？」

保は怯えて体を引いた。自分の心臓を三回刺す？　そんなことはあり得ないと思うそばから、それは柏木晋平の兄だろうかと考えた。彼については、暗渠で自殺したということしか知らない。心臓を、三回も……。

「いえ、オカルトじゃなく実際に。そういうことってあると思います？」

「うーん。死んだスズメバチが、まだ針で刺すみたいな？」

脳機能には未知の能力があるという。心臓を三回刺すようなことが、もしも本当に起きたなら、それは強力な思念が可能にした爆発的なパワーのせいだ。

「どういうことですか？」

と、比奈子は訊ねた。保自身も考えている。

「筋肉の収縮反射。スズメバチなんかは、個体が死んでから二十四時間くらいは、触ると刺すことがあるみたいですよ。人間だって火葬すると筋肉が縮んで動いたように見えるでしょう？　まあ、ぼくも見たことはないから、話だけなんだけど。でも、そういうこととは違うんですよね。自分で心臓を刺すんだから」

「心臓を刺した人物は、同じような方法で子供三人を殺害した人物の兄なんです。そしてこれは、私個人の、荒唐無稽な推測でしかないんですけど、兄が真犯人だったのじゃないかと考えているんです」

柏木晋平の無実について言及する人を、初めて見たと保は思った。もっと早く彼女が捜査をしてくれていたなら。

「どういうことですか？」

比奈子は両目をしばたたき、懸命に伝えようとして背筋を伸ばした。

「笑わないで聞いて下さい。あの……警察の正式な見解とかでは全然なくて、私個人の、むちゃくちゃな」

「大丈夫ですよ」

と、保は微笑む。

「思ったことを話してください」

「はい。あの、鮫島死刑囚の死に方は、彼が殺害した被害者の状況に酷似していたんです。鮫島死刑囚はスーパーに押し入って店長と従業員の二人を殺害し、逃亡先で母親と叔母を撲殺しました。鮫島も最初の自傷行為では、最初に殺害された従業員と同じ傷を負いました。公表されていませんけど、最初に殺されたのがその女性で、店長はその次で……鮫島の自傷行為が四回あって、四度目で亡くなったということも事実と合致しているように思うんです。芋煮のことを訊いたのは、最後の現場に味噌味の芋煮があったからです。拘置所の夕食として出されたものだったんですが……」

「彼は、味噌味の芋煮は芋煮じゃないと言ってましたね」

「何か、やっぱり、本人の犯行が関係しているんじゃないかと思って。だって……」

比奈子はうつむき、先を話した。

「壬生さんから監視カメラの映像を見せてもらったんですけど、鮫島さんは明らかにぐたっとしていたのに、腕だけが、まるで別の生き物みたいに座卓を振り上げていたんです」

ゾッとした。

「うーん……それはどれくらいの時間?」

「まあ、数秒といえば数秒ですけど、数十秒、かな」

「独居房の座卓って、けっこう重くできてるもんなあ……」

「なにかわかります？」

「…………」

沈黙のあと、保は、「たとえば」と、また言った。

「なんか、たとえ話ばっかりだけど」と笑ってから、

「重い座卓はともかく、心臓のほうはありえなくもないかもですね」

スマホを取り出し、『脳　条件反射』と打ち込んだ画面を比奈子に見せる。

「条件反射って、パブロフの犬みたいなことですか？」

「そう。犬にベルを慣らしてから食事を与え続けていると、犬はベルの音を聞いただけでよだれを流すようになるというあれですね。藤堂さんの名刺のアドレスにURLを送っておきますから、あとで読んでみて下さい。脳と体の関係についてはまだまだ解明されていないことが多いんですけど、少なくとも一定条件の下では脳内記憶が体を左右することが知られているし、人の神経回路っていうのはなかなか複雑にできていて」

つい専門的な話になるのは、学者の悪い癖だと思う。保は、どう説明すればこの人の役に立てるだろうかと頭を捻（ひね）った。逃げたいのか、止まりたいのかわからなくなる。

事件の真相を探ろうと一生懸命な彼女に感情移入してしまうのだ。

「うーん。わかりやすくいえば、武者震いなんていうのもそれに近いかな。死ぬか生きるかのような極限状態に置かれると、人はガタガタ震えるでしょう？　あれはアドレナリンを放出して痛みや出血を抑えたり、瞬時に過敏な動きが出来るようにして命を守る脳内プログラムなんですよ。人間の脳には元々防御システムが備わっていて、自律神経とか、不随意神経などのスイッチをオンにすると、そういう反応が起きるんです」

「自律神経と……アドレナリン？……」

専門用語なしには伝えられないこともある。彼女は眉間に縦皺を寄せて呟いた。

「アドレナリンと、β－エンドルフィン……ちょっと違う。ノルアドレナリンとβ－エンドルフィンが異常数値と、そう言ったんだったわ」

「誰が言ったんですか？　ノルアドレナリンは怒りのホルモンといわれている物質です。対してβ－エンドルフィンは快感物質。相反するものだけど、それが何か？」

「あー」

比奈子は両手で髪をかき回してから、手帳を出してあんみつの絵を描いた。

「それはなんですか？」

「これは野比先生です。あ、失礼」

慌てた彼女と目が合った。

野比先生。それは保がすがった希望。失った早苗と、かつて保が持っていた人間性を思い出させる呼び方だった。

「野比先生って……――」

早苗は何を望むのか。これで本当によかったのか。

「――懐かしいな、そのいい方。亡くなった宇田川さんが、ぼくをそう呼んでいた」

「ごめんなさい。中島先生、お名前はちゃんと覚えています」

「いえ、いいんですよ。野比先生でものび太くんでも」

苦しみに胸が痛くなる。

「ところで、そのホルモンがなにか？」

訊（き）くと彼女は逡巡（しゅんじゅん）する。心の内が透けて見え、大丈夫だよと言ってあげたくなる。

「中島先生。先生は心理学がご専門ですか？」

「野比でもいいけど、それに、ぼくはまだホントの先生じゃなくって、有給臨床実務経験中の見習いです。今の専門は脳科学と臨床心理学で、矯正心理専門職というか、鑑別技官を目指してる。あれは受験資格が三十歳未満だから、がんばらないとなんだけど、もう二十七になっちゃうんで」

「鑑別技官って、少年鑑別所とかで心理検査をする？」

「そうです。ぼくはネグレクトが心に及ぼす影響について研究していたんだけど。非行に走る少年たちは心のよりどころが不安定だという共通項がある気がしていて、できれば犯罪の芽を小さなうちに摘みたいというか、彼らの力になりたいというか」

　こんな話を、早坂以外の誰かにしたことはない。比奈子と話しているうちに、保は、鑑別技官を目指そうとしていた頃の純粋な気持ちを思い出した。あのまま真っ直ぐに進んでいけたら、どんなによかっただろうと思う。

「実は、今お世話になっているクリニックの院長が、同じ高校の大先輩なんですよ。ぼくが大学に入学したての頃から、院長はもう心理技官をやっていて、その時見せてもらったビデオに衝撃を受けました。それはいわゆる『蛍光灯ベビー』だった少年で、十五の時にバットで母親を殴り殺して少年院にいたんです。彼との面談ビデオを見せられたとき、後ろ姿と声しかわからない少年に、ぼくは戦慄（せんりつ）した。彼のような少年を作ってはいけないと思った。それがきっかけです」

「『蛍光灯ベビー』って、なんですか？」

「ネグレクトされた赤ちゃんにしばしば見られる現象のひとつです。ほったらかしにされて、泣き声で親を呼ぶことも諦めて、それでも刺激が欲しいから、蛍光灯の光を見つめて育つ。乳児期には、人の声や動作よりも明かりに強く反応する傾向があります」

「ひどい……そういう育ち方をした子供は将来どうなるのでしょう。普通に育った子供たちより犯罪を起こしやすいとお考えですか」

「誤解しないで下さい。だから犯罪を起こす、というのは違います。人は成長して、色々な人と関わって、様々に学び、様々に変わる。生い立ちが不幸だった子供は犯罪者になるなんて、そんな偏見は許せません。ぼくの真意はそこじゃない、むしろ、親が親になる覚悟のほうをいいたいんです」

その少年の名は大友翔だ。彼の生い立ちを知るにつけ、保は犯罪者を、犯罪者だからという理由だけで糾弾するのは違うと思えてきたのであった。脳にスイッチを仕込んで犯罪者を罰する選択は、どこか、なにか、根本的な間違いを含んでいるのではないかと思って、怖くなる。もう引き返せないからこそ怖い。

「先生、実はさっきの話なんですけれど、たとえば、その、人の脳内プログラムを何らかの方法で操るというか、作動させるというか、そういうことって可能だと思われます？」

「ん、どういうことかな？　脳内プログラムを操作って、意識的に心臓の鼓動や発汗や身体機能を操るというようなこと？──」

誤魔化しながら保は怯えた。この人は何を考えているのだろうと。

「──それはあるでしょう。お相撲さんが四股を踏めば、体が戦闘態勢になるのと同じです。条件がそろえば可能じゃないかな」

「心臓を三回突くようなことも」

「いやあ、それはどうだろう。生き物には自己防衛本能が備わっているから。一度ならともかく、三度突くのは無理だと思う」

無理のはずだ。今の医学の常識では。

「あの」

立ち上がった比奈子の瞳が輝いている。初めて刑事らしい表情をした。

「お願いがあります。上司に話して、もし、許可が下りたら、捜査に協力してもらえませんか？　私、脳のこととかさっぱりで……えー。先生には、どうやって連絡をとったら」

『♪トンでもねえうまさだぜ、信州ポーク♪』

もらった名刺の番号に脳と条件反射に関するＵＲＬを送信すると、話題とかけ離れた着メロが鳴った。彼女らしくて微笑ましい。

「それがぼくのアドレスです。電話番号も添付しておきましたから」

にこやかに言ってスマホを見ると、本当にとんでもない時間になっていた。

「うわっ」

と、保は大声をあげ、

「まずい！　こんな時間になってるっ」

慌てて席を立った拍子に茶封筒が落ち、拾って、走りかけて、彼女に訊いた。

「クリームあんみつは、いくらだったっけ」

「いえ、ここは。私がお誘いしたんで」

「え、でも、あんみつのほうがコーヒーより高いよ」

「大丈夫。経費ですから」

そう答えたときも彼女は刑事のフリをしていた。

保はぺこりと頭を下げて、飛ぶように喫茶店を出た。

――野比先生――　比奈子の顔で早苗が囁く。温かくて優しい声で、もう誰も、私と同じ目に遭わせないでと囁いてくる。

クリニックに戻って壬生のＵＳＢメモリをパソコンにつないだ。そして、早坂ではなく自分にデータを渡してきた壬生の思惑について考えた。

壬生は長い間受刑者と接してきたが、決して彼らを一括りにはしなかった。そんな壬生でも鮫島にスイッチを仕込むことには同意した。そして最初の映像を早坂に渡した。

おそらくは、それが早坂と壬生の契約だったのだろうと思う。壬生は快楽殺人鬼に首輪を付けるという早坂の計画に共感し、実験結果を知りたい早坂に協力した。けれど、でも、度重なる凶行がついに鮫島の命を奪ったとき、一抹の疑問を抱いたのではなかろうか。自分にも死期が迫る壬生だからこそ、残された人生まで殺人鬼に侵蝕されたくないと思ったのかもしれない。それとも……保はハッと顔を上げた。

鮫島の死にショックを受けた？　スイッチをＯＮにする方法を、壬生は自分に問いかけてきた。まだ鮫島が生きていたときに、宮原秋雄について話しながら。

監視映像が入ったフォルダをクリックして映像をスタートさせる。

鮫島は夕食に出された芋煮が気に入らなかったらしい。映像の最初では汁椀を手にしてわめいている。静かにしなさいと看守の声がし、鮫島は食事を続けるが、次第に苛立ち、ふてくされてあぐらをかいた。それでも腹は減っているらしく、メシをかっ込み、汁を啜っていたが、突然、「馬鹿にしてんのか！」と怒鳴って床に転がり、大声を出して騒いだ。看守が注意するとしばらくは大人しくなるが、また騒ぎ出す。

時間が過ぎて、鮫島は突然、箸に突き刺した芋を壁に放った。汁椀を落とし、誰かに胸を蹴られたように這いつくばると、壁際に引きずられていって顔面を壁に打ち付けた。両手で自分の頭をつかみ、渾身の力で壁を打つ。まるで怪力の何かが鮫島の腕に乗り移っているようだ。

「やめ……たすけ……」

暴挙の合間に懇願の声がする。前歯が欠けて飛び、やがて鮫島はうつぶせのまま動けなくなった。そのあとも、両腕だけは痙攣しながら暴行を続けている。

保は比奈子の質問の意味を理解した。亡霊の仕業だと壬生が言っていたわけも。

「……嘘だ」

それは鮫島が被害者たちにしたことだったが、当然の報いだとは思えなかった。一人殺せば一人分、二人殺せば二人分。鮫島は四回の殺人を自らに反映して死んだ。

それでいいのか。それは罪を償うこととは違うのではないか。鮫島に科せられたのは究極の死刑だ。あまりに残虐な死刑じゃないか。ぼくがしたのは、殺人者は苦しむべきと断ずる行為だ。きれい事じゃなく、犯罪だ。保は気分が悪くなり、トイレに駆け込んで激しく吐いた。壬生が受けたショックも理解した。もしもこれを、宮原にコーラのビンを使った後で見たならば。

「どうして……」

便器を抱えて保は泣いた。激情に駆られて起こした暴挙が、次々に人を殺していく。自分と彼らの差はなにか。差なんてないと保は思った。同じだ。ぼくも同じだ。魂が張り裂けて、保は抜け殻になりそうだった。

――八王子駅近くの船森（ふなもり）公園で殺害された若い女性の身元が判明し、八王子西署の警察官だったことがわかりました――

朝のニュースはまたも殺人事件を報じている。ビルの壁面に設置された大型ビジョンの音声に、保はギョッとして足を止める。ここ数日は自分のことで精一杯で、テレビを見る時間もなく、近くで殺人事件が起きていたことすら知らずにいた。

「八王子西署の警察官？」

出勤時、保は大型ビジョンの音声を聞き、モニターを見上げて比奈子を案じた。

――……私服で被害に遭い、下水管工事の現場に遺棄されました。捜査本部では、警察官を狙った犯行なのかを含め、捜査を進めているそうです。現場周辺は閑静な住宅街で、近くには保育園などもあり……――

船森公園なら知っている。八王子西署とも近いはずだ。まさか彼女が被害に遭ったのではと案じたが、映った写真は別人で、女優のような人だった。ホッと胸をなで下ろしそうになって、それも違うと考える。犯罪はいつ何時自分に降りかかってくるかわからない。保は胸がチクチク痛んだ。

クリニックでは、初めて早坂と諍(いさか)いを起こした。東京拘置所で死んだ鮫島と、自分を焼き殺した笹岡の死亡映像を匿名でメディアに送ろうと、早坂が言い出したからだった。

「本気なんですか」

早坂はすましている。院長室の奥にある、狭い書斎でのことだ。

「そんなことをしたら、どうなると思うんです」

「大騒ぎになるだろうが、映像を送ればマスコミが人物を特定し、彼らの罪を告発し、被害者と同じ目に遭って死んだミステリーだと宣伝するよ。さらに第六、第七と、殺人者が次々犠牲者になれば、人殺しを夢見る者の抑止力になる。犯した罪と同等の罰が返ってくると知るわけだからね。いよいよ第二ステージだ」

「待って下さい。被害者の遺族もそれを見るんですよ？　家族がどんな目に遭わされたのか、知って苦しむことになります」

「私はそうは思わない。遺族は十分に苦しんだ。むしろ溜飲を下げるだろう」

「いや……いや、ちょっと待って下さい」

早坂は眉をひそめた。

「中島くん。今さら何を言っているんだ。シリアルキラーは矯正できない。だからスイッチを仕込むしかない。そのことは納得していたはずだろう？」

早坂の言うとおりだ。保は彼に訴えた。

「怖いんです。院長、ぼくは怖いんです。色々なことがありすぎて、気持ちの整理がつかないうちに、院長は先へ先へとぼくを誘う。本当にこれでいいのかと悩む時間すら与えられない。命に関わることなのに」

「だからこそだよ。早くしないと、どこかでまた犠牲者が出る。殺人者がどこにいて、いつ凶行に及ぶのか、私たちは知りようがない。こうしている間にもキャンディー事件のようなことが起きるかもしれないというのに、きみは被害者よりも殺人鬼の心配をしている」

「心配なんか……」

「では、何かね」

保は答えられなかった。早坂は静かに笑う。

「話してなかった気がするが、溝旗も死んだよ」

細長い窓から入り込む光が早坂の背中に当たっている。逆光で後光を背負っているかのようだ。何が怖いのか、保はわかった。早坂が、自分をシリアルキラーの神と勘違いするのが怖いのだ。

「溝旗医師は……どうやって」

「なあに。想像していたとおりだったよ。自分に薬を打ったんだ。本数から察するに、病死で報告されていた患者の何人かは溝旗が行為中に殺した可能性があるね」

保はゆっくり頭を振った。

「溝旗医師にもウィルスソフトを送りましたが、ぼくのところへ画像はきていません」

「ああ、悪かったね。きみのメンタルが心配で、削除しておいたんだ」

当然のように言う。

「いつ亡くなったんですか」

「学会のあと、すぐだったかな」

悪びれもしない。ウィルスを送ってはみたものの、画像が送信されないことに保が安堵していた頃である。「院長……」と、保は唸った。

「なぜ話してくれなかったんですか？　どうして……」

「言ったじゃないか。きみのメンタルを案じたんだよ」

そして早坂は、有無を言わさぬ口調になった。

「忘れたのかね、もともときみは患者じゃないか。医師が患者を案じるのは当然だし、意図して患者に伏せることだってある」

その迷いなき瞳に、保はサイコパシー・ナルシシズムの片鱗を見た。その者たちは迷わない。自分が常に正しいと信じて正当な評価を求め続ける。患者の手紙だ。早坂が集め、見せびらかしている患者の手紙。なぜ、それに気付かなかったのだろう。

――院長先生。八王子西署の刑事さんからお電話です――

内線のスピーカーが突然鳴って、早坂はボタンを押した。

「つないでくれ」

保は尊敬する院長の一挙手一投足を観察していた。早坂には動揺がない。こんな話をしている最中に警察から電話があっても、他人事のように落ち着いている。

「午後に八王子西署の東海林という刑事が訪ねて来るそうだ。知っているかね？」

「いえ、その人は……でも、東拘へ行ったとき、別の刑事さんとは話をしました」

「本当かね」と、早坂は訊いた。

「不随意機能に関する話を聞きたいようでした。鮫島死刑囚の死に方に疑問を感じているという印象を受けました」

「ほう」

早坂は自慢げだ。サイコパシー・ナルシシズムは魅力的に見え、人は外観を信用する。

「捜査に協力して欲しいと言われたので、ここの電話番号を教えたんです」

「それでか。なるほど」

早坂は少し考えてから、

「刑事が来たら通話機能をオンにするから、内容を聞いてくれ。お互いに情報を共有しておくほうがいいだろう」

「スイッチについて捜査しているのかもしれません」

「ありえんよ」

と、彼は断じた。

「証拠のビデオが物語っている。あれは自殺で、殺人ではあり得ない。考えてみれば面白い。事件の一部始終を撮ったビデオが、犯人不在の証拠になるんだ」

そして、「なあ?」と、保を見上げた。

「『スイッチを押す者』というのはどうだろう」

「何のことですか」

「映像をリークするハンドルネームだ。天は自ら殺める者を殺めん、とかね」

「院長、ぼくたちは英雄じゃない。むしろ殺人犯なんですよ」

「謙遜するな」

と、早坂は笑った。

「きみが天才だということは、私が一番よく知っている」

「そうではなくて」

再び院長室の内線が鳴る。

——失礼します。中島先生はまだそちらに?——

「ここにいるよ」と、早坂は言い、

——クライアントの大友さんがお見えです——

「今戻るところだ。通してくれ」

保の代わりに答えた。

「話はあとだ。先ずは刑事が何を調べているか、情報を得ようじゃないか」

こんな時に大友を診るなんてゾッとする。彼が纏う負のオーラに、今の自分は勝てる気がしない。大友がここで費やす時間に対して、応えられないのも申し訳ない。

「どうした。早く行きたまえ」

保は疲れ切っていた。早坂が善意の鎧で武装した大友に見える。

「院長。再度スーパービジョンをお願いします。彼と対峙する自信が持てない」

「わかった」

そう言って早坂は仕事を始め、保はスゴスゴと部屋を出た。

長い廊下のその先で、受付スタッフが大友をD診療室へ案内している。自分の体を鉛のように感じながら診療室へ戻る。第六、第七の犠牲者が出れば、人殺しを夢見ている者たちの抑止力になる。犯した罪と同等の罰が返ってくると知るわけだから。

早坂はやはり正しいのかもしれない。何が正義で、そうではないのか、わからなくなったと保は思った。


べつに。

べつに。

同じ反応ばかりを投げつけられて、絶対的な敗北を感じさせられ、ようやく大友とのセッションが終わった。彼はいつもと変わらぬ様子であったが、チラチラと保を見つめる回数が、いつもより少し多かった。おそらく他意はないのだろうが、その目に同情と哀れみを感じた気がして戦いた。そして保は気がついたのだ。

自分は心のどこかで大友を殺人犯と断じ、差別していたのではないだろうかと。深淵を探れば探るほど、彼との差がわからなくなる。もしも自分が同じ境遇で育ったら、同じことをしないと言い切る自信が今はない。殺人を犯す者の心を理解できると思っていた。なんて傲慢な。なんて浅はかな。

保は空調設備を操作して、換気を最大限にし、窓辺に立って下を覗いた。

クリニックは錦糸公園を見下ろすビルの最上階にある。ジャージのフードを目深にかぶり、両手をポケットに突っ込んで、フラフラと建物を出て行く大友の痩せた姿が見下ろせた。そしてなぜだか、東京拘置所で自分を待っていた女性刑事のふくよかな笑顔を恋しく思った。間もなく複数人の足音が廊下を過ぎり、

「突き当たりが院長室です」

と、受付スタッフの声がした。

ブッッと機械音がして、内線電話の表示が光る。院長室に刑事が来たのだ。

——亡くなった鮫島鉄雄さんのことでお話があるそうですね？——

盗聴は、そんなふうに始まった。

音声は診療室ではなく書斎からのものだ。狭い室内のチープなカフェテーブルに刑事を座らせ、自分はデスクから采配(さいはい)を振るう、早坂の姿が見えるようだった。

ややあって、若い女性の声がする。

——条件反射や催眠術、その他なんらかの方法を使って、第三者に自傷行為をさせることは可能でしょうか——

あの人だろうかと保は思った。

——唐突なご質問ですね。たとえばどういうことですか？——

——院長は鮫島さんが自殺されたときの様子をご存じですか——

——知っていますよ。最初の事件が起きた後、拘置所の依頼でカウンセリングにいきましたから——

——それじゃ、鮫島死刑囚から事件の経緯(いきさつ)をお聞きになっていたのですか——

身を乗り出す姿が見えるようだ。一生懸命で、痛々しくて、つい応援したくなる。

――いきさつ……というような話はなかったですよ……――

――どんなことを話しましたか？　自殺しようとしたんだと言ってましたか――

早坂の声が束の間止まる。自傷行為が始まった後も、院長が鮫島をケアしていたなんて知らなかった。けれど、もう驚かない。早坂もサイコパシーなら鮫島の様子を貪欲に知ろうとしていた理由も頷ける。早坂は知らせたいのだ。自分の苦労、自分の功績を知らしめて、能力を誇示したいのだ。

――……カウンセリングができるような状態ではなかったのです――

しばらくすると彼女が言った。

――私、拘置所で監視カメラの映像を見せてもらったんですけれど……本人は意識がない状態だったのに、腕だけがまだ何度か殴り続けていたのです……――

――なんだそりゃ？――

と男の声がして、失礼しました、と付け加えた。早坂は何も答えない。

――……自分が犯した殺人の状況をなぞるようにして死にました……たとえば故意に記憶を操作して被害者の亡霊などを見せ、被害者が仕返しに来たと錯覚させて、自分自身を傷つけるようなことが起きたのではと――

彼女は鋭い。と、保は思った。ほぼ核心に迫っている。それでも院長は動じない。

当然だ。そういう感情を持ち合わせてはいないのだから。

……人には自己防衛本能が備わっています。健常者に対して、本人の意思とは無関係に自傷行為を促すことは不可能なんです——

——健常者でなかったらどうでしょうか。他人を傷つけることを快感に感じるような人や、猟奇事件を起こす異常人格者だった場合は？——

頭のいい人だ。あなたは正しいと教えてやりたい。早坂は正攻法で話題を逸らす。

——猟奇事件を起こしたからといって、犯人を異常人格者やサイコパスだ、と一括りにするのは感心しないなあ。そもそもサイコパスには感情を持たない者もいて、その場合は、被害者のことを記憶に留めているかどうかも怪しいのですよ。感情があるように振る舞うことはできますが、感情を持っているわけではない……被害者が存在したという記憶はあっても、我々が感じるような後悔や哀れみや同情はないので、事件そのものに対する記憶の仕方が我々の想像と全くかけ離れている。被害者の亡霊が現れたとして、もともと罪悪感がないわけですから、べつに怖くないのかもしれませんしね——

——それじゃ、こういうのはどうですかねえ。自己防衛本能というバリヤーを、どうにかして外してしまうことは可能ですか？——

――ああ、それは――

早坂は口ごもり、可能でしょうね、と呟いた。

――そう、バンジージャンプとか……安全であるという前提で、死に瀕する可能性と背中合わせの行為に及び、恐怖感を爽快感に変えるというような。脳のスイッチを切り替えて、恐怖と快感を差し替えるということですね。脳は経験から学びますから、更なる刺激を求めるようになるでしょう――

――快感と隣り合わせのときに、起きやすいでしょうか――

――本能を錯覚させるという意味ではそうでしょうね。けれど、なぜそんな面倒なことをするのでしょう。いえ、刑事さんのいうように、鮫島鉄雄さんの自死がコントロールされたものだとしてですよ、彼には死刑が確定していた……毎日が恐怖との闘いだ。そんな彼を自死させることに、今さらどんな意味がありますか――

ぴしりと言う。そのまま会話は中断された。またも早坂の勝ちである。忙しそうにデスクを整え、立ち上がって「帰ってくれ」と思わせているのだろう。

――院長。もうひとつだけ、いいでしょうか。犯罪現場で常に同じアイテムが見つかった場合、心理学的に見て同一犯の可能性を疑う根拠になりますかね？――

男の声が食い下がる。

——質問の趣旨がわからないな。アイテムってなんです？　犯行声明とか、自己顕示のためのモチーフとかですか——

——いや……犯行現場がいつも地下道だとか、草むらだとか。もしくは、場所はまちまちでも決まったアイテムのそばだとかですね——

——特殊な嗜好や性癖や強迫観念を持つ人が場所にこだわるという発想は、映画やテレビではもてはやされるかもしれませんが……いつも同じ場所で犯行を行えるかは……ただ逆に、何かがきっかけとなって犯罪心理を誘発するというようなことであれば、あるように思います……人は耐え難い心的外傷を被ると、一旦はそれをなかったことのように心の奥に閉じ込めますが、ふとしたきっかけで思い出し、翻弄されることがある。地震や事故など、過剰な恐怖を経験したことで、その後PTSDに苦しむ人は大勢います。同じように、怒りや攻撃性や性欲なども、封印された状態から突如喚起される可能性はあるでしょう。そうだな、たしかにあるでしょうね——

——……太陽が熱すぎるから人を殺したくなったというような？——

——ないとはいいきれないと思います——

早坂の声にイライラした感じが含まれてきた。話が核心に触れているからだ。

——大変参考になりました。ありがとうございました——

ようやく男はそう言った。続いてドアを開ける音がして、

──中島君がいたか……──

早坂が自分の名前を出したとき、保は、自分をがんじがらめにしておこうという早坂の悪意を感じた。早坂は心理学の有識者だが、電子工学は操れない。自分なしにスイッチを仕込み続けることはできないのだ。

──うちに中島先生という熱心な若手がいましてね、東京拘置所のボランティアは、私が監修で、ほとんど彼が主体で動いているのです。詳しい話を聞きたいようなら、彼を紹介しますけど──

──お願いします──

それが彼女の声だったので、保は覚悟を決めねばならなかった。

廊下を歩く音がして、やがてドアがノックされた。その時にはもう盗聴を終え、善良な心理士のフリをしていた。ドアが開き、先ずは早坂だけが入ってくる。勝ち誇った顔で保を見つめ、保が頷くのを見届けてから出て行った。

「どうぞ」

と早坂は客たちに言った。

「中島君に話しておきましたから。それでは、私はこれで」

廊下で誰かの携帯が鳴ったとき、保は客人を招こうと廊下を覗いた。フレンドリーに対応したかったが、今の自分が他人からどう見えるのか自信はなかった。

「どうぞ、お入りください」

思った通り、そこには彼女が立っていた。先輩刑事と一緒だからか、初めて会ったときより背筋を伸ばして刑事らしさを装っている。背の高い先輩刑事は電話中で、携帯を隠すように片手をあげて、彼女に背中を向けてしまった。

「どうぞ」

と、保はまた言って、比奈子を診療室へ招き入れた。D診療室は広すぎもせず狭くもない。薄いイエローとアイボリーで統一された室内は、ドアの反対側が大きな窓で、縦開きのブラインドから錦糸公園の芝生が見える。間接照明はどれもスイッチを切ってあり、柔らかな午後の日差しが室内に縞模様を描いていた。

「居心地の良さそうな部屋ですね」

入口近くで彼女は言った。そばにいるだけで安心できる雰囲気を持つ人だ。

「ありがとうございます。本当に捜査においでになったんですね」

保は自分のデスクへ戻って、言った。ここのデスクは患者の目に触れるから、極力物を置かないようにする。診療に使うタブレット型コンピューターと心理学の本、そしてフォトスタンドだけがある。比奈子はゆっくりと窓辺へ歩き、窓から下を見下ろすと、また振り向いて室内を見渡した。

「こちらへどうぞ」

保は患者用のソファに彼女を招き、

「外の刑事さんはあれかな、まだかな？」と、ドアを見た。

「電話のようで、ごめんなさい」

言いながらながらソファに掛け、彼女はまた部屋を見る。

「実は、ちょっとだけ期待して待っていたんですよ。藤堂さんから電話が来るの」

そう言って向かいに座った。正面ではなく、視線が斜めに合う位置だ。

「あのあとすぐに、ブレザーのボタンは縫いました。不器用なんで、あんまり上手にいきませんでしたけど、安全ピンよりは目立たなくなった……そうだ。条件反射については調べてみましたか？」

改めて見ると、比奈子は前に会ったときよりやつれていた。瞼(まぶた)が腫(は)れて、さっきまで泣いていたかのようだ。何があったのだろうと保は考え、女性警察官が殺害されたというニュースを思い出す。

「藤堂さん？」

「あ、はい。その節はありがとうございました。ネットで調べてみました。スズメバチの話も。でも、その後すぐに事件があって、お電話するのを忘れてしまって、すみません」

ぺこりと頭を下げる。やっぱりそうかと保は思った。

「事件のことは、ぼくもニュースで知りました。八王子西署の女性警察官だったそうで……ご心痛なことでしょう」

「私と同期の、親友でした」

答えてすぐに天井を仰いだ。涙を堪(こら)えているのがわかる。泣き腫らした瞼のわけを保は知って、心が痛んだ。

「それは……」

言葉に詰まる。喪(うしな)った相手は戻らない。死者はきれいさっぱりと、すべての空間からいなくなってしまう。

あとは心で感じるだけだ。

彼女はバッグをまさぐると、膝(ひざ)の上で捜査手帳を開いた。

「東拘の壬生さんからは、その後連絡がありませんか？」

壬生は死んだ。拘置所を辞めてすぐ急変したと看守仲間が教えてくれた。

今にして思うのだ。鮫島にスイッチを仕込むことを許したのも、拘置所を辞めたのも、逃げるように東京を去ったのも、コーラのビンで宮原を罰したのも、残された時間はないと知ったからの決断だったと。

「壬生さんは亡くなりました。奥さんと駒ヶ根に住んで、ひと月後に」

保は立ち上がり、

「コーヒー飲みますか？」

と、比奈子に訊いた。

「いただきます。あの……」

自分も仲間を失ったのに、彼女は壬生のことを気遣っている。言葉に出せば堪えている悲しみが噴き出してくる。一人を喪えば、悲しみはその人を知るすべての人に広がっていく。保は静かにこう訊いた。

「砂糖多めの、ミルクたっぷりでしたよね」

「え、なんで？」

「だって、このまえ喫茶店で、コーヒーに砂糖を四杯入れていたから」

サーバーをセットして、小さな冷蔵庫からミルクを出す。コーヒーが抽出されるコポコポという音が、静かな部屋に響いている。保は彼女の前に戻った。

「さて。何でもお話ししますけど」

そのときノックの音がして、背の高い刑事が入ってきた。顔が引き攣っている。

「どうされました？」

訊くと、刑事は深々と頭を下げた。

「せっかくお時間を作っていただいたのに申し訳ありません。急用ができて、署に戻らなければならなくなりました。また改めてお伺いします」

そう言って名刺を差し出す。

八王子西署刑事組織犯罪対策課、東海林恭久と書いてあった。

「わかりました……事件ですか？」

「いえ。急用で」

もう少し彼女といたかった。悲しみに沈む彼女にできることはないかと思った。彼女の温かさを求めただけかもしれないけれど。保は名残惜しげに名刺を見つめ、

「それじゃ、また」

と、比奈子に笑った。

「はい。次はお電話をしてから伺います」

彼女は立ち上がり、仲間の刑事が押さえたドアから外に出た。コーヒーがまだ落ち

ていて、保は慌てて機械を止めた。サーバーを外そうとしたとき、熱いコーヒーが指にかかった。

「あちっ！」

耳たぶをつまんで床の汚れを見つめていると、廊下で話す声がした。

——えらいことになった。『スイッチを押す者』という匿名で三件の自殺シーンをテレビ局に送り付けてきた野郎がいるってよ。昼のワイドショーがすっぱ抜きした画像の中に、小菅の死刑囚のものがあったらしいぜ。画像には、『天は自ら殺める者を殺めん』てなキャッチが入っていたそうだ。ふざけやがって——

——え——

と、彼女の声がして、ドスドスと廊下を去って行く足音を聞いた。

「……院長……」

保は天井を見上げて打ちひしがれた。刑事の訪問が早坂の暴走を加速させたのだ。早坂の正義は止まらない。犯罪者の脳にスイッチを埋める計画は、坂を転がり落ちていくかのようだ。

第八章　ＯＦＦ

早坂雅臣は院長室に裸電球を持ち込んでソケットにつなぎ、患者用ソファの上に吊り下げて出来映えを確認した。そしてデスクの内線を押し、受付を呼び出した。

——はい——

「D室の中島くんが空いたか、見てくれないか」

——先程クライアントがお帰りになりましたので、二時間空きの予定です。次の診療は午後五時からです——

「そうか。ありがとう」

早坂は保を呼び出した。

「受付に聞いたら二時間空きだってね。遅れていたスーパービジョンの時間を取るが、どうだろう」

——カウンセル記録を持って、すぐ伺います——

数分後。ファイルを抱えて院長室に赴いた保は、天井から下がった裸電球に戦いた(おのの)。けれどもすぐにはそのことに触れず、先ず(ま)は早坂に誘われるままテーブルに着いて、大友翔の治療に関する質問に答えた。正直なところ、今までのように早坂を信じられる気分ではなくなっていた。

早坂はカルテを精査し、そしてとうとう、こう切り出した。

「どうだろう、中島くん。アイテムを使ってみるというのは」

席を立ってコーナーへ移動し、ここのインテリアにそぐわない裸電球を指す。

「先日、刑事が訪ねてきたろう？　その時に、何かがきっかけとなって犯罪心理を誘発するというようなことがあるかと質問を受けた。それで閃いた(ひらめ)んだが、これ」

スイッチを入れると洋梨形の電球に明かりが点る(とも)。その瞬間、保はあのアパートの、畳を剥いだ(は)床に横たわる少女を見た。胸の悪くなるような臭いと、不動産屋の震える巨体……吐きそうになってメガネを押さえた。

「失礼。明るすぎたかな」

「いえ、そうではありません。大丈夫です」

「次の時、大友君にこれを使ってみたらどうかと思ってね」

「なぜですか？　犯罪心理を誘発するためにですか」

「そうじゃないよ、その逆だ。彼は話さなかったかね？　母親と暮らしていたアパートには、居間に裸電球がひとつあっただけだと。ネグレクトに遭っていた彼は、ひとりぼっちの夜を電球の明かりをたよりに生き抜いた。つまり裸電球は、彼の幼時体験を象徴するアイテムだ。彼が蛍光灯ベビーであったことからも、誘導催眠のアイテムとして人工の明かりは最適だと思うのだがね。私は、これがきっかけとなって乳児期への退行催眠がスムーズにいくのではないかと思っているんだ。記憶を誘発できさえすれば、その時代に欠けていた記憶を補うのが容易くなる」

「院長……」

保は苦しげに唇を震わせた。

「彼は更生しているんでしょうか。本当に、更生……できるんでしょうか」

「なにを弱気な。天才のきみらしくもない」

保は両膝に肘をついて、うつむいた。

「どうも、ぼくは彼から信頼されていないようなんです。院長が彼の保護観察を請け負っておられるから、ここへ通って来るだけと感じています。そもそも彼は治したいとも、自分が異常だとも思っていないのでは」

「潜入がうまくいっていないのかね？」

「その逆です。彼の深層心理に潜入していけばいくほど、そこに何も無いことがわかってくる。本当に何もないのです。罪悪感も、後悔も、自己愛すらも……なにもない」

早坂は保の肩に手を置くと、隣に腰掛けてきた。

「疲れているみたいだね。だけど、心が無い人間なんていているわけがないよ。中島くん。そもそもが、きみのように、他人に深く感情移入できる人間しか潜入はできないけれど、だからこそ、これは辛い治療方法だと、私はそう言ったはずだよね？　けれどもきみは、彼のような少年が犯罪を繰り返すことがないように、根治治療を研究したいとそういった」

「その気持ちに変わりはありません」

保は顔を上げることができない。

「そうだね。そして私は、彼ら自身を救うことこそが、問題の解決になると話したね。彼は更生している、そうじゃないかね？　ここへもきちんと通って来るし、まがりなりにも働いて、自分の力で生活ができている。非行も、暴力も、今のところは一切ない。あとは、生まれてから一度も、誰からも愛されたことがないという、彼の深層心理の暗部を埋めてあげることができれば、彼はもう」

「院長……でも、できません」

保は膝に突っ伏した。

「裸電球は、ぼくには無理です。お話ししていませんでしたが、五年前……現場にそれがあったんです。思い出してしまうんです。だから、相手が誰であるかにかかわらず……ぼくには、裸電球をアイテムに使って、平常心で診療することが難しいです」

「……そうだったのか……それは知らなかった」

早坂は一瞬だけ絶句した振りをして、保の背中を優しく叩いた。

「きみは凶悪犯罪者の脳にスイッチを仕込む力を手に入れた。『ライナスの毛布』だよ。でも、『ライナスの毛布』にも、そこまでの力はないか……」

嫌みを込めてそう言うと、早坂は確認もせずに結論を下した。

「わかった。なら、次回の診療は私のほうで受け持とう。彼がきみをどう思っているのかも、それとなく聞いてみる。場合によって、今後しばらくは私が彼を担当してもいい。潜入の時を除いてね」

潜入の時を除いてね。完全に自分を解放する気はないのだ。

「すみません」

「夜はきちんと眠れているかい？　もう少し、強い眠剤を出しておこうか」

「お願いします」

早坂は立ち上がって裸電球を片付けると、ブラインドを閉めて間接照明に明かりを入れた。

「じゃ、時間いっぱい、きみを診よう」

保は早坂に誘われて立ち上がり、診療用のソファに移動した。いずれは早坂が自分だけで潜入を試みて、画期的な治療法を考案した寵児として名乗りを上げるだろうことはわかっていた。駒として大友が必要なことも、自分が利用されただけだということもわかっていた。でも、もう、どうでもいい。保は孤独で、疲れ果て、この苦しみから逃れられるなら何でもして欲しいと考えていた。

通勤の人混みが一段落した八王子駅に、その夜、保は降り立った。

繁華街を行き交う人々の間を歩き、小さな花屋の前で足を止め、名も知らぬ薄紅色の花をひと束買った。街路樹は木枯らしに葉を落とし、随所にクリスマスのイルミネーションが瞬きはじめている。今年も残りわずかだと保は感じ、来年は試験に合格しなくちゃな、と、心の中で呟いた。

保は、比奈子の友人だった女性警察官の死を悼むために船森公園へ向かっている。公園は住宅街の一角にあり、隣が保育園だ。事件当夜、そこでは下水工事が行われていて、工事用の仮囲いの内側で殺人事件が起きたと聞いた。

公園に着くと、下水工事はすでに完了していて、ブランコの後ろ、盛り土に新しい植栽が植えられた場所に、花束や飲み物がひっそりと置かれていた。燃えさしの線香は湿気でひしゃげ、園児が作ったらしき色とりどりの折り紙が供えてあった。保は折り紙の隣に花を置き、しゃがみこんで、合掌した。人の死んだ場所はいつも淋(さび)しい。その淋しさが潰(つい)える為には、たくさんの人がめげずに同じ場所を踏みしめて、生きていくしかないのだろう。活動するエネルギーが悲しみを包み込んで昇華させてしまうまで、懸命に、力強く、生きていくしかないのだと思う。北風が背中を打ったが、その冷たさが心地よかった。すべてが風に流されて、凄惨(せいさん)な殺人がこの世にあるなんて知らない頃に戻れたらいいのに。洟(はな)をすすりながら立ち上がり、公園を出ようとしたときに、コンビニの袋を提げた若い女性とすれ違った。彼女は数歩行きかけてから、

「野比先生？」と、声をあげた。

「私です。八王子西署の藤堂です」

並んで立つと、保のほうが頭ひとつ分背が高い。二人揃ってもう一度、街灯の明か

りで花束が白く浮かぶ場所へ戻った。彼女はコンビニ袋からミネラルウォーターを出すと、花束の前に供えて合掌し、古い飲み物を回収した。

「仁美は、飲むのはお水って決めていたんです。太るから」

友人の名前は仁美というのだ。保はニュース映像で見ただけの、女優のような警察官を思い出していた。

「お花、買ってきてくれたんですね」

「花屋で最初に目に付いた花を買っちゃって。でも、よく考えたら、故人に手向ける花は白のほうがよかったなと、今さらそう思ったりして」

「いいえ。仁美はピンクが大好きでした。だから、きっと喜ぶと思う」

「藤堂さんは、ここへ毎日お水を供えに来てるんですか？」

「船森公園を通るときはなるべく。ついでに捜査の進捗状況も伝えています。犯人を逮捕するまでは続けるつもりで……そうなったら、やっとお墓のほうへ行くつもりでいます」

ここにもひとり、殺人に生き様を変えられた人がいる。

「そうですか……」

答えたとたん、『ぐうーっ』と誰かのお腹が鳴った。保と比奈子は、慌ててそれぞれのお腹を押さえた。

「まいったな」

「いえ、私のお腹だったかも」

一緒に駅前のラーメン屋へ入った。

油でペトペトしたテーブルに向き合うと、比奈子はさっそく訊いてきた。

「偶然に感謝です。実は、明日にでもご連絡しなきゃと思っていたところだったので」

「ぼくにですか？」

「ええ、それと院長先生にも、写真を見ていただきたくて」

写真ですかと言いながら、保は明日の診療予約を確認した。

「明日は夕方なら空いてます。院長はその時間、矯正事案が入っていて。うまく二人とも空いている日は……今週はないけれど」

「なら、野比先生を先に。明日の夕方、クリニックへお伺いしてもいいですか。まさかお会いできると思わなかったので、今は確認資料を持っていないんです」

「五時……いや。セラピーは長引く可能性もあるから、六時半ではどうでしょう」

比奈子は手帳を出してメガネの絵を描き、『六時半』と書き込んだ。相変わらず落書きばかりが並んでいる。

「前の時も思ったんだけど、藤堂さんの手帳って面白いですね。『午後六時半、ハヤサカ・メンタルクリニック』とか書かないんですか？」

「私、頭の回転が鈍いから、あとになって『はっ』と閃くことが多いんです。だから、聞いたことは全部メモしておきたいんだけど、実際には速記でもしないと無理でしょう？　だからお話の中で一番重要なことだけを、イラストで描くことにしたんです。今では絵を見るだけで会話の細部まで思い出せるんですよ。特技なんです」

「面白いな。オリジナルの速記法ですね」

「これも脳内スイッチのひとつですかね？　先生がこの前お話ししてくれたみたいな」

「そういう言い方のほうがわかりやすかったですね。まだあまり知られていないけど、人の脳には幾つもスイッチがあるんですよ。藤堂さんが絵を見て会話を思い出せるのもそう。藤堂さんの場合は、言語記憶に関するスイッチがそこにあるからでしょうね」

「前に先生は、大学でネグレクトと脳の関係について研究されていたと仰いましたよね。その研究って、早坂院長といっしょにされていたんじゃないですか？」

保は水のコップを引き寄せてゴクリと飲んだ。

「あれ、そんなことまで話したかな？　まあ、そうですよ」

「蛍光灯ベビーだった少年のビデオを見せられて戦慄したと。彼のような少年を作ってはいけないという思いから、脳の研究を始めたと仰ってました」

　話の途中でラーメンが運ばれてきた。

「先生、のびないうちに頂きませんか？」

「うん。賛成」

　おいしいですね、と話しながら夢中でラーメンを食べていると、彼女は言った。

「その指輪」

　つい忘れていたのでギョッとする。早坂の裏切りに気がついて、自分を殺人鬼と認めたときから、保は指輪を外せなくなった。

「変わったデザインなんですね」

「ああ、これですか」

　不似合いなのはわかっている。でも、これは、自分への戒めなんだ。保は指輪を恥じて内側へ回し、汁をすする振りをして顔を隠した。

「……ぼくの、ライナスの毛布です」

「ライナスの毛布って？　あの、スヌーピーに出てくる哲学少年のブランド指輪？」

「そうじゃなくって。ライナスはいつも毛布を持っているでしょう？　毛布が安心のもとなんですよね。それと一緒」

「よくわかりませんか。お守りみたいなものってことですか」

「うん。まあ……精神安定剤というか……」

保は曖昧に返事をすると、黙してラーメンをすすり続けた。勘定を済ませて店を出ると、夜が濃くなっていて、イルミネーションがますますきれいに輝いていた。

「藤堂さんは、どうして刑事になったんですか？」

ラーメンを食べて汗ばんだ肌に北風が心地よく吹き過ぎる。瞬くイルミネーションの下を歩きながら、保は比奈子にそう聞いた。

「母が、刑事ドラマが大好きで……」

「え、そんな理由？」

驚いたけど彼女らしいと思う。この人といると、ホッとする。

「はい。実はそんな理由です。ドラマにはたいてい女性刑事がでるでしょう？　それを見て、『比奈子、刑事がいいわよ、女刑事なんてカッコイイじゃないの』って」

「たしかに、カッコイイですよね」

「実物は、ぜーんぜんです」

彼女は保の顔を仰ぎ見た。黒い瞳に光が揺れて、誠実な心が伝わってくる。

「刑事課って、ハードなわりに事務仕事も多いので、大抵、体力のある若い女の子が一人は配属されているんです。内勤の事務要員というか、使いっ走りというか、そんなので」

「そうなんですか。じゃ、ホントは内勤？」

「そうなんですけど、でも、一線でバリバリやってる女性刑事もたくさんいます。私は主に性犯罪の分野で、同性ならではの、被害者に寄り添える刑事になりたいと思っているんですけれど」

「藤堂さんが夢を叶えて、お母さんは喜ばれたでしょうね？」

比奈子は両手をポケットに突っ込んだ。

「母は天真爛漫な、突き抜けた感じの人でした。どんな時でも笑っていられる人でした。『大抵のことは、生きてさえいればどうってことなくなる』っていうのが、口癖だったたな……」

保はかすかに歩調をゆるめた。

「過去形なんですね？」

「私が刑事になった年に、死んじゃったんです」

顔を上げて、比奈子はにこりと笑った。

「とても体が弱かったんです。でも、母を見ても、誰もそうは思わなかったはず。誰よりもパワフルで、誰よりも明るくて、ズバズバとものを言って、よく笑う人でした。八王子西署に配属が決まったときに、餞別をあげるから取りに来なさいってメールがあって、忙しいから送ってっていったのに、どうしても取りに来なさいって。それで深夜バスで帰ったら、長野駅まで迎えに来てくれていて、これを渡されたんですよ」

　そう言って彼女がポケットから出したのは、赤くて小さな七味缶だった。鮮やかに善光寺の絵が描かれている。

「藤堂さんは長野市出身ですか……可愛い缶ですね。七味？」

　持たせて貰うと、蓋に『進め！　比奈ちゃん』と書かれていた。

「メッセージが入ってる」

「この七味は善光寺門前の八幡屋礒五郎本店のもので、長野では食卓の定番商品です。むこうにいた頃は珍しくもなんともなかったんだけど、東京へ来てスーパーの七味を買って食べたら、なんか、どこか違うんです。そんな話をしたことを覚えていてくれて、母が名前入りを、餞別代わりにくれたんです」

「進め……比奈ちゃん……かあ」

　保は母の思い出があまりない。記憶の顔はおぼろげで、笑う口元だけが鮮明だ。抱かれたときの化粧の香り、あとは、恋しさに泣いたことだけを覚えている。

「母らしい言葉です……それで、ひどいんですよ。それを渡されて、そのまま長野駅を一周して、また夜行列車に乗せられて、東京へ戻ってきたんです」

「えええーっ」

「作りたてのお弁当持たされてね。新米警官は仕事さぼっちゃいけないのよって。ひどいでしょう？」

「なんか、すごいお母さんだな」

「今でもよく覚えているんです。塩鮭のおにぎりと、タコのウインナーと、卵焼きと、里芋の煮たのが入っていました。あと、沢庵と。翌日、父から電話をもらって、母が末期の膵臓癌で、余命二ヶ月だって聞かされました。餞別に何がいいかとさんざん悩んだあげく、私が元気に生まれた土地の、老舗の七味唐辛子に決めたらしいです」

　そういう話には昔から弱い。保は思わず洟をすすった。

「最後まで明るい母でした。体が痩せていくと、『チャンスよ』ってコスプレして、それを写メって送ってくるんです。最初はマリリン・モンローで、次は綾波レイで、最後が銀河鉄道９９９のメーテルでした。看護師さんとか先生とかも一緒に写って、みんな笑っているんです」

　この人も母親を亡くしたのかと思った。保が母を感じられるのは、折りにつけ父が話してくれた母の姿を思い描いてきたからだ。大切なものを差し出すように、保は七味の缶を比奈子に返した。

「生きてお会いしていたら、ぼくはお母さんのファンになったかもしれないなあ」

「誰でもそうなるんです。母みたいな人に出会ったら」

懐かしそうに目を細め、比奈子は缶を握って微笑んだ。

「なぜかなあ。私……母の話を初めてしました。東京にきて、初めて」

保は答えず、ゆっくりと彼女の歩調で歩き続けた。

イルミネーションが途切れたところで、比奈子はゆるやかに立ち止まる。すぐそばにコンビニがあって、その先が住宅街だ。

「安全なところまで送りますよ？」

あまり街灯がないので言うと、

「ありがとうございます。名残惜しいけど、私のアパート、すぐこの裏なんです」

やんわりと断ってきた。彼女は刑事だ、当然だ、と、保は自分に言い聞かす。

「そうですか。それじゃ、ここで」

重いからと運んであげていた飲み物の袋を返そうとすると、

「あ、そうだ」

彼女はコンビニのほうを見た。

「先生。ほんのちょっと、ここで待っていてもらえます？」

そしてコンビニへ飛び込んで行った。保は独りでその場に立って、ちょこちょこお菓子コーナーへ走って行く比奈子の姿を眺めていた。慌てなくても大丈夫なのに、それもまた彼女らしくて笑ってしまう。空には冬の星座が輝いていた。

「お待たせしました、これ」

彼女はすぐに戻ってきて、コンビニの袋を差し出した。飲み物の袋と交換し、期待を込めた目でこちらを見ている。

「え。なに？」

袋を開いて中を見た。

「ストロベリーキャンディーです。家まで送ってもらった御礼に」

あのキャンディーだった。殺人現場でカサカサと舞い上がっていた桃色の紙……保は瞬時に錆(さ)びた階段を上がり、子供用の赤い靴、ゆっくり廻(まわ)る電気メーター、玄関に落ちていた袋ごとのキャンディーを見た。大声で叫ぶ不動産屋と、立てかけられた畳を見た。汚れた窓の前には裸電球。甘ったるい匂いと血の臭い、蠅が飛び、壁や天井に血が飛び散って、床板に釘(くぎ)で打ち付けられている少女を見た。口いっぱいに飴玉(あめだま)を詰め込まれ、白濁した目を見開いて、涙が筋になって頬を流れて、そして……。

首から下が真一文字に裂かれていた。どす黒い花の正体は、引き出されて床に散らばる内臓と、洞になった小さい体に詰め込まれていた衣服。甘い匂いは香水だった。幼気な少女にはそぐわない、大人の女の匂いであった。

保はコンビニ袋を取り落とし、両手で口を押さえて歩道にかがむと、胃の中の物を吐き出した。

「先生っ」

彼女の叫びが遠のいていく。二度、三度と吐き続け、体に触れてきた者を振り払った。両膝立ちで天を仰いで、獣のような雄叫びを上げた。失った記憶が蘇ってきた。叫びながら神を呪った。不動産屋が電話して、警官が錆びた階段を駆け上がり、殺人現場に飛び込んだとき、保は素手で少女の釘を抜いて小さな体に覆い被さり、泣きながら少女を抱いていた。抜き出された内臓は元に戻らず、飴玉は口からこぼれ、体は冷たく、ピクリともしない。無数の蠅が目の前を飛び、保はそれが許せなかった。嘘だ。あり得ない。こんなことがあっていいはずはない。警官に体を掴まれ、引き剥がされたとき、悲しい少女とまた目が合った。うつろな瞳。死んだ者の目。保は無力を思い知り、頭の中が真っ白になった。

「先生！　野比先生！」

頭上に街灯の光があった。

風は冷たく、蠅はどこかへ行ってしまって、空には星が光っていた。


雲の上をいくようだった。それほど長くない距離を歩いた後で、保は小さなテーブルに突っ伏して、両目を固く閉じたまま、取り戻した過去に打ちのめされていた。

あの子を殺した犯人の心理が、わかった気がする。快楽殺人より原始的で、心を持たない者の犯行だ。おぞましく咲いた花の幻影は真実を隠すものだった。衝撃を受け止めきれなくて、自分は記憶を消したのだ。犯人はあの子の中身を調べた。小さなあの子が香水をつける大人の女と同じか確かめた。悲鳴を上げないよう喉に飴を詰め込んだ。それで死んだなら幸せだ。手足に釘を打たれたときに、もしも、生きて、いたのなら……計画的な犯行じゃなく、たぶんアパートの住人だ。あの子のことを知る人物だ。心がなく、けれど不穏な外見ではなく、自分を取り繕うことができ……。

「大丈夫ですか、ご気分は。これ、飲めそうですか？」

目を上げると、比奈子が心配そうにこちらを見ていた。コンビニの駐車場でパニックを起こし、そのまま彼女のアパートへ連れてこられてしまったらしい。衝撃で体が震え、まだ気分が悪かった。保は俯き、メガネを直した。

「ラーメンが悪かったのかしら。私も同じもの食べたんだけどなあ」

「そうじゃないんです」

保は両手でカップを受け取り、無理して飲んだ。チリチリと喉を潤していくのは知らない飲み物だ。さっぱりとして甘く、体に染みる。

「おいしいな……これ、なんですか?」

「砂糖湯です。シンプルなほうがいいかと思って」

「砂糖湯って、砂糖と、お湯だけ?」

比奈子はこくりと頷いた。

「それでこんなにおいしいんだ……?」

冷えた心に血が巡る。死んだあの子の冷たさを補うような飲み物だ。

「しつこくお湯を沸騰させて、カルキを飛ばすのがコツなんです。風邪をひくと、母がよく飲ませてくれました」

必要最低限のものしか置かれていない質素な部屋に、チクタクと時計の音がする。彼女が立ち上がってキッチンへ向かったとき、「藤堂さん」と、呼びかけた。

さぞかし驚かせてしまっただろう。一番知られたくない人に、一番知られたくない姿を見せた。彼女は何も悪くないのに。

「キャンディー……ありがとう」

乱れた前髪が丸メガネにふりかかる。それを掻(か)き上げる力も気力も、今の保には残っていない。シュンシュンとお湯が沸く音がして、その前に佇(たたず)む彼女の背中を眺めていた。友だちを亡くしたばかりだというのに、本当に申し訳なかったと思う。

殺人現場で回収してきた飲み物を、彼女はシンクに流している。缶コーヒーや缶入りジュースをあけて、空き缶を洗う。

「それ、どうするのかなと思ったんだけど、飲まずに捨ててしまうんですね」

「本当は、どうするべきかわからないんです。中身に悪戯(いたずら)されている場合もあるから飲んじゃいけないって鑑識課の人にいわれて……善意を疑うのもイヤだし、もしも、飲んで何かあったら打ちのめされてしまうし。だから、これは仁美の飲み残しなんだと思うことにしたんです。お水だけは植木にあげたりしていますけど」

比奈子は保の脇を通り過ぎ、観葉植物の鉢にミネラルウォーターを注いだ。

「悲しいですね。そして、ひどい」

見れば自分のコートがヒーターの前に干されていた。部分的に濡(ぬ)れているのは、吐いて汚してしまったからだ。彼女に洗わせてしまったなんて、恥ずかしさと申し訳なさでいたたまれない。保は立ってコートを外し、もらったキャンディーを包み隠した。

「まだ乾かないでしょう」

「ええ。でもタクシーを拾うから、コートなしで大丈夫、このまま持って帰ります。終電も出ちゃったみたいだし」

「よかったら泊まっていってください。あ、決して変な意味じゃなく」

そう言うと、比奈子は遮るように両手を振った。

「八王子はわりと田舎だから、タクシーはそうそうつかまりません。ていうか、むしろ、私のために泊まっていって欲しいんです。部屋に人の気配があると、こんなにも安心できるんだなって思って。すみません、こんなこと……実は私……心がもう、限界みたいで」

保は痛々しげな眼差し（まなざ）しを彼女に向けた。そう言えば、早苗の両親からも、彼女を診てやって欲しいと頼まれていたのだ。

「お部屋、もうひとつあるんで、私はそっちを使いますから。それと。先生の顔色、すごく悪いです。手だってまだ震えてますよね？　コートなしで帰るの、体に悪いと思う」

保はコートを持つ手を見下ろして、それが激しく震えているのに驚いた。慌ててもう片方の手で押さえつけたが、押さえた手にも震えが出て、コートごとキャンディーを投げ捨ててしまった。

「やっぱり風邪かしら。まさかインフルエンザとか……」

比奈子が額に触れてくる。柔らかで温かい手のひらだった。

「よかった。熱はないみたい」

その瞬間、保は比奈子を抱きしめそうになり、逃れるように床に座った。

自分の衝動が怖かった。彼女にすがりそうになることが。この人は刑事なんだと自分に言って、おまえはなんだと、自分に思い出させようとした。その手で彼女に触れていいのか。そんなことが許されるのかと。

「病気じゃないです。いや……やっぱり、病気なのかな……」

ヒーターがカーテンを揺らしている。暖かな色の照明が、ほんのりとリビングを照らしている。比奈子は保の正面に来て、丸メガネの奥を覗き込む。

「……先輩に憧れて、法務技官になりたいんだって、話しましたっけ？」

比奈子は黙って頷いた。

「もともとは心理学が専攻じゃなかったんです。まったく畑違いの分野にいたんですけど……すべては、先輩にビデオを見せられたのが始まりでした。先輩は、彼のような少年たちを救いたいといった。ぼくも同じ気持ちになった。今にして思うと、ぼくは何ひとつ分かっていなかった。まるで戦隊ヒーローに憧れる子供みたいなノリだったと反省しています。先輩の理想とする計画に傾倒し、彼らをきっと救えるはずだ、力になれるはずだと本気で思ったんです。でも……」

保はすべてを告白したい衝動に駆られ、けれど、でも、自分にはまだやることがあると思い直した。犯人の手がかりが見えてきた。あの子に何をしたのかわかった。犯人は、事件後も殺人を犯しているはずだ。

「結論からいうと、ぼくらがしようとしたことは、そんなに簡単じゃなかったってことです」

しばらく話すと、比奈子は訊（き）いた。

「その研究はうまくいっているんですか？」

「どうかな……ていうか、暗礁に乗り上げている感じかな。直接脳をいじるのと違って、こっちは持久戦だから」

「直接脳をいじる……って？」

保は視線を泳がせて、そっと左手で右手を覆った。

「たとえ話ですよ。っていうか、さっき、自分が病気かもといったのはそういう意味です。人の頭に入り込んで、ありもしない記憶を勝手に作って、誰かの心を操ろうなんて、まともな人間が考える事じゃなかったのかも……」

「でも、立派な研究だと思います」

真っ直ぐに言われると苦しくなる。保は悲しげに微笑んで、

「藤堂さんも、心がもう、限界に来ていると言ってましたね？　どうなんです？　しっかり眠れているんですか？」

と、彼女に訊ねた。クリニックで見たときから心配していたことだ。いつのまにか、保はカウンセラーの表情になった。比奈子は語る。

「目を閉じれば仁美の夢ばかり見るんです。だから眠るのが怖くて、眠れません。夢で仁美に会うと、ああ、元気だったんだ、よかったと思うのだけれど、そういうときはいつも後ろ姿で、顔を見るのが怖いんです――」

友人の死に様を知っているから、顔を見るのが怖いのだろう。

「――そうかと思えば一晩中彼女の遺体を見た瞬間をなぞっていることもあります。よかったと思う時は目が覚めてから泣けてくるし、後の時は、汗びっしょりになって飛び起きます。そうして、なぜ？　って……なんていうか」

「自己嫌悪？」

静かに訊いた。

「そうです。もしもあの時、ああしていれば、こうしていればと、酷い自己嫌悪に苛まれて、震えが止まらなくなるんです」

同じだ。自分とまったく同じだ。もしもあの時、もしも、もしも……大切な誰かを喪った者は、その考えから逃れられない。

「まさか……現場を、見たんですね？」

「事件が起きたのがあの公園で、八王子西署の管内ですから」

「そうだったのか」

この小さな人が宇田川家に現れたときから、刑事として凶悪殺人者を捜査していると思いたくなかった。なのに友だちまで殺されて、酷いトラウマに苛まれていたなんて。保は拳をぎゅっと握った。

「藤堂さん。もしよかったら、プライベートでクリニックへ通ってください。夜間の面談もオッケーですし、なるべくスケジュールを合わせますから」

彼女が膝に置いた手に、ポタリと涙がこぼれて落ちた。比奈子は驚いて自分の頬に触れ、さらさらと流れる涙に戸惑っている。ストレスが限界なのだ。

「あの。やっぱりぼくを泊めてください。ここに、このままでけっこうですから。そうして、藤堂さんはよく眠るといい。ぼくがいて安心できるなら、せめて今夜はゆっくり眠るといいですよ」

彼女はティッシュで顔を覆うと、声を殺して泣き出した。小さな背中が震える様を、保はじっと見守っていた。ずっと泣きたかったのだと思う。刑事だからと己を律して、彼女は耐えていたのだろう。刑事だって人間なのに。凶悪犯も人間だけど、『人間』は愛しくて尊いものだと思わせてくれる、そんな力が比奈子にはあった。

「警察の仕事って大変ですね。たぶんずっと緊張状態で、心が悲鳴を上げていたんですよ。自分で思う以上の物凄(ものすご)いストレスがかかっていたんだと思う。良くない状態です。早めにケアしたほうがいい」

思うさま泣いてしまうと、比奈子は豪快に洟(はな)をかみ、涙を拭(ふ)いて微笑んだ。

「ありがとうございます」

彼女はリビングに急場しのぎの寝床を用意してくれた。二つ折りした座布団にバスタオルをかぶせた枕、そして毛布を一枚。それを見るにつけても、恋人はいないのだろうと保は思い、そう思った自分に呆(あき)れた。野比先生と呼ばれて早苗に重ねたわけでは決してない。早苗に恋愛感情を持ったことはなかったし、比奈子にそれを感じているのかと問われれば、そんな資格は自分にないと、保はすぐさま答えを出した。

彼女のような人が傷ついて、壊れそうなのを見て、放っておけないだけだ。

壊れているのはおまえじゃないか。彼女の温かさや善良さにすがって、救って欲しいだけだろう。暗闇を見つめて保は思う。もう、疲れた……犯人を見つけたらクリニックを辞めて、どこかへ行こう。誰も自分を知らないところへ行って、自分の中の殺人鬼を葬ってしまおうと。

いつの間にか眠りに落ちて、保はまた、あの部屋にいた。目の前にいるのは不動産屋ではなくて、細長くて黒い犯人が、床に釘を打ち付けているのであった。心臓がバクンと跳ねる。少女がいるのはわかっていた。あいつが何をするつもりかも。やめて、だめだ……駄……目……保は大声で叫びたかったが、喉がシューシュー鳴るばかりで声は出ず、何かに絡みつかれているかのように動けなかった。

……たのむ、や……め……て……どうして……そんな……ことをするんだ。

保は懸命に犯人の心を探った。同情も倫理観も持っていないから、普通に説得するのは無理だ。本人が不快になるか、選択したくなる別条件を出さないと。同じ感じが記憶にあった。心がない。他人の痛みに共感できない。自分の痛みにも無頓着で、ただひとつ芽生えた感情が……犯人は少女の口に飴玉を詰めこんで、ラジオを分解するように分解する。愛情はないが好奇心はあるのだ。興奮を性的な快感に変え、快感を求めて繰り返す。自分で自分を止められない。男の顔が、保にはわかる。

彼がゆっくり振り返ったとき、

「やめろーっ」

と、保は叫んだ。犯人は大友翔の顔をしていた。

「先生、野比先生っ！」

闇雲に両腕を振り回し、錯乱して跳ね起きると、ドン、と胸に飛び込んできた者がいた。無我夢中にしがみついてくる。柔らかな髪が頰に触れ、シャンプーの甘い香りがした。温かくて小さな体だ。気がつけば、保は上半身を起こして比奈子を受け止め、彼女に抱きしめられていた。

ここは彼女のアパートだ。保は激しく涙を流し、心臓が、転がり落ちる岩のように躍っていた。比奈子は怯え、保の胸に顔を埋めて泣いている。

「大丈夫、大丈夫ですか？　大丈夫ですか先生っ」

状況を理解するのに数秒かかった。夢で大友を見たことが、余計に混乱させていた。比奈子のぬくもりが腕にあり、彼女が恐怖で怯えていることがわかった。小鳥のように怯えている。まるで、一緒に、血まみれの殺人現場に墜ちたかのようだ。乱れた髪に手を置くと、抱きついたまま見上げてきた。上気した頰は涙に濡れて、あまりに激しい心臓の鼓動がセーターの上から胸に響いた。震えと恐怖が混じり合い、どちらの鼓動かわからない。二人は怯え切っていた。何もかもが必然だった。

「やだ……もうやだ。先生、大丈夫ですか？　だいじょうぶ？……だい……」

比奈子の頰を涙が流れる。保は静かにゆっくりと、その唇に唇を重ねた。

磁石が吸い付くようだった。自分が求めていたものは、こんなにも近くにあったと思った。これは夢の続きだろうか。ぼくはまだ、生きていてもいいんだろうか。

重なる肌の温もりは、遠い昔に知っていた得難い安心感を互いにくれた。皮膚を通して直に相手の体温を感じる。ただそれだけのことなのに、この充足感はどうだろう。彼女の体は柔らかくなめらかで、抱くと安心に沈んでいけるようだった。ウエストから胸へ、そして背中へ、敏感な肌の内側に指輪が触れて、彼女が体を縮めたときに、保は『ライナスの毛布』を外した。この人のことが大切だ。貪るように愛し合い、一枚の毛布にくるまって、まだ彼女を抱いていた。触れ合う場所が温かく、そうでない場所が凍えるようだ。

「ありがとう」

と保は言って、彼女の肩を毛布で覆い、毛布ごと比奈子を抱き寄せた。

「もっと早く、藤堂さんに会いたかったな……」

天井には闇がある。けれどさっきの闇とは違っていた。自分も誰かを愛せるのだということを、当然であるそのことを、比奈子は保に教えてくれた。

「ひどい夢を見たんでしょう」

保の腕に体を預けて訊く。話すべきだと保は思い、真犯人のことを考えていた。

「ぼくたちは潜入と呼ぶんだけれど、クライアントのことを知るために、相手の意識下に深く潜るってことをやるんです。で、たとえばそれが犯罪を起こしてしまった人だったりすると、彼らに潜入した後は、彼らが見る夢を見る」

比奈子は言葉を失って、保を守るように腕を回した。

「それが悪夢の正体ですか。潜入して、犯人と同化して……まさか、彼らの思考も理解する？」

「理解はしない。理解なんかできない。でも、彼らがなぜそれをするのかは、わかってしまった気がするんです。志向性犯罪者には共通点があって、他人の痛みや苦しみに対してあまりにも無関心だから、彼らには他人の苦しみが想像できないし、しようともしない。まるで、心の一部が欠けているみたいに」

「そんな心に触れ続けるって、もしかして、すごく危険なことなんじゃ……臨床心理士って、みんな、そんな危険なことをやるんですか」

「みんなじゃない……今のところ潜入できるのはぼくだけだ」

「なんで。なんで野比先生がそれをやるの？」

「泣き虫だから」

薄闇の中、保は思いを込めて比奈子を見つめ、比奈子は保の首に頭をうずめた。

「そんな人たちを、本当に矯正できるんですか」

「院長は、思っている……」

「野比先生は？」

「ぼくは……どうだろう。正直言ってこわいかな……泣き虫なうえに、弱虫だから」

母親が子供にするように、比奈子は保の頰を両手で包む。保は黙し、子供のように眠りについた。初めて恐ろしい夢を見なかった。

夜明けに比奈子より先に目を覚まし、保は部屋の天井を見た。朝の気配が漂って、新聞配達員のバイクの音がした。彼女を起こさぬよう毛布から出て、失われたぬくもりを乾いたコートで補った。棚にあったメモ用紙を一枚拝借し、

『おかげで　ぼくも　久しぶりにぐっすり眠った。ありがとう』

と、短いメッセージを残して部屋を出た。早朝の住宅街は薄らと朝靄に包まれて、吐く息が白く、空は薄曇りに見えた。

中指には今も指輪がはまっている。彼女と愛を交わしたことは、夢だったとも思えたし、夢のはずがないとも思った。守りたかったものが何か、保は知った。彼女のためなら何でもすると、そう思う気持ちは怒りや激情ではないけれど、少女の遺体に震えた時に、守りたかったものはこれだったのだ。自分は怒りでそれを守ろうとした。けれど研究を続けるうちに、悪は悪だと一刀両断できない事情も知った。

大切なのは殺人鬼を救うこと。先ず彼らを救うこと。命の価値を知らせること。自分自身が唯一無二だと、彼らが思ってくれること。それが大切だったのだ。自分すら尊べない者が、どうして他人を愛せるだろうか。

キャンディー事件の犯人を見つけたら、自首しよう。保はそう決めていた。

翌日は比奈子とクリニックで会う約束をした日であり、早坂が大友に裸電球を使った実験を試みる予定の日でもあった。変わらずに慌ただしく、それでも心に温かな火が灯(とも)り、時折切なさがこみ上げて、幸福をまた信じられるような気がし、ふとした瞬間に彼女の肌を思い出す。そんな不思議な一日が過ぎ、保は壁に掛かった時計を見上げた。

　セラピーが予定どおりに終わったために、比奈子との約束まで時間が空いた。保はデスクに腰を掛け、引出を開けてコンビニの袋を取り出した。目を閉じて、呼吸を整えてから、意を決して袋を開く。

　イチゴキャンディーを見ても、恐ろしい発作は起こらなかった。

　やっぱりそうだ。心の準備ができているなら、脳内スイッチはＯＮにならない。

　昨夜これを目にしたときは予想もしない事態になったが、比奈子に悪気がなかったことも、写真立ての包み紙を見て好物と勘違いしただけだということもわかっていた。

　保は袋を破き、中身をひとつ出してみたが、とたんに、風に舞う桃色の紙が脳裡(のうり)に浮かんで、口に入れることはできなかった。指が震え、心臓が凍える。保は指輪をはめた手で、自分のこめかみをゆっくり揉(も)んだ。

「ごめん……」

　保はあの子に謝った。

「神さまはぼくに、罰を伴う天命をくれた。おかげでね、ぼくは昨夜、彼らに起きたことを身をもって体感したんだよ。みてごらん」

保の両手は汗をかき、ふるふると小さく震えている。

「……怖かった。あんな恐ろしい目に遭うとは思ってもみなかった。天罰なんだと、そう思ったら眠れなかった……それともあれはきみのせい？　きみが、忘れないでってぼくに伝えたの？」

問いかけても包み紙は答えない。コツコツとノックの音がして、ふいに早坂が入って来た。彼はちらりとデスクを覗き、

「中島くん、こっちへ大友くんが来ていないかね？」

と訊く。最近、保は早坂を避けている。それを気にしているのかもしれない。

「いえ、こちらへは。今日は院長のほうでセラピーをされる予定では？」

「そうなんだが、五時の約束に現れないのでね。もしや間違えてきみのほうへ来ているのではと思ったんだ」

「五時十五分ですものね」

早坂はそばへ来て、キャンディーの袋を手に取ると、パッケージを確認した。

「これは例のキャンディーじゃないのかね？　トラウマを乗り越える訓練でもしているのかい」

「いえ、そうじゃないんです」

保は手の中の一粒をポケットに落とし、キャンディーをコンビニ袋に片付けた。

「事情を知らない友人が厚意で買ってくれたんですけど、これがあると動悸がおさまらなくて、どうしたものかと思案中です」

「なら幸いだ。私がもらっても？」

「ええ、どうぞ」

コンビニの袋ごと彼に渡した。

「悪いね。ところで、また八王子西署の刑事が来ると聞いたんだが」

本題はそれか、と保は思う。大友が遅れてくるのは今に始まったことではない。

「はい。院長に確認して欲しい写真があるとのことでしたが、今日は大友くんのセラピーですから、ぼくのほうで対応しておくつもりです」

「それなんだが、刑事が大友くんと鉢合わせすることがないように、くれぐれも注意してくれたまえ。せっかく効果が出てきているのに、ここに警察が来たと知れたら台無しだ。このクリニックは彼にとって安全な場所にしておきたいからね」

「わかっています」

同時に内線が大友の来院を告げ、院長はキャンディーを持って出て行った。

カルテを見直しているうちに時間が過ぎた。保は椅子を回転させて、すっかり暗くなった外を見た。葉を落とした街路樹に、街灯の光が当たっている。

早坂は大友に裸電球を見せ、その下で営まれた少年期に彼の心を連れて行き、さらに後退させて、幼児期、乳児期の記憶にアクセスするという。それはつまり、今までは保にしかできなかった『潜入』を、アイテムの力を借りて、自らが試そうという行為だ。早坂雅臣は心理学界の寵児（ちょうじ）となる。それこそが彼の野望だ。

けれど大友の心には、過去への入口なんかありはしない。彼に憑依（ひょうい）し、意識を共有したからわかる。何もない。彼の心にあるのは裸電球の光と、辛（つら）すぎて捨ててしまった過去、そして母親を殺したときの快感だけだ。

同じ頃。

無駄に広いだけの院長室で「調子はどうかね」と問われたとき、大友は初めて、「べつに」と言わずに質問を返した。

「受付の人って、いつ帰るんですか？」

早坂は大友の反応に機嫌を良くし、

「今日はそろそろあがるはずだよ。この後、クライアントが来る予定はないのでね」

と言った。

「彼女が何か？」

早坂が問うと、大友は、

「べつに」

と答えてソファに座った。

そろそろ人を殺したかった。頭の天辺から声を出す派手な受付の女を獲物にしようと考えていた。けれど、今夜手に入らないのなら、もういらない。

「大友くん。ちゃんと生活できているのかい。ちゃんと生きてる？」

早坂は椅子に掛け、定型の質問をした。テーブルの上で指を組み、穏やかな笑みを大友に向ける。大友は虚ろな眼差しでテーブルを眺めて、

「べつに」

と答えた。すべてに興味を失ったのだ。早坂が立ち上がる。

「実はね、今日は特別なものを用意したんだ。それを使って、きみを過去に連れて行こうと思う。小さな頃だ。いや、お母さんといるよりも、もっと昔だよ。生まれて、

取り上げられて、温かな布団にくるまれていた頃だ」

大友はもう早坂の言葉を聞いていない。早坂にも、セラピーにも興味はない。頭の中で母親を殺したときのことを考えていた。その後に殺したのは、香水のきついコンビニのおばちゃんだ。お祭りの裸電球の下で殴り殺した。ほかにもやった。小さな子供だ。なついていた。可愛いと思った。それなのに、ママと同じ香水をつけてきた。この子もママみたいになるのかと思って、体の中を確かめた。

「じゃあ、いいかね？　大友くん。場所を移動してくれないか」

名前を呼ばれて大友が顔を上げると、診療室の片隅に裸電球が下がっていた。

早坂がスイッチをひねり、明かりが点いた。

大友の瞳孔が拡大する。古くさい、貧乏くさい、惨めで儚い、チカチカと消え入りそうなオレンジ色の光と、コードにこびりついていたクモの巣や埃が脳裡に浮かんだ。木枯らしに鳴るガラス窓。ゴミだらけの四畳半に置かれた卓袱台。脱ぎ散らかされたママの服を体に巻き付けて眠った夜。ベランダに縮こまり、手足をすりあわせながら、ママと男の秘め事を見守った日々。空腹をまぎらすためにランジェリーを噛み、おまえは変態だとなじられた。ママはいつも激昂し、ヒステリックに泣き叫び、たまに優しかったと思えばすぐ突き放された。裸電球の下で、ママはいつも暴君だった。殺しても、殺しても、ママのような女は消えない。

大友は初めての快感を思い出していた。ママのかけらは天井まで散って、忌々しい裸電球から滴った。胸の裏側に血がたぎる。彼はエクスタシーを渇望した。

診療を終え、受付スタッフも帰宅したクリニックへ比奈子がやって来た。

誰もいない受付の在室表示は、院長室に診療中ランプが、D室に在室ランプが照っていた。比奈子が訪問を告げるベルを押して、待つことしばし。保は自室で訪問を告げるブザーを聞いた。ドアを開け、長い廊下を通って受付まで彼女を迎えに行く。入口フロアにいるのは比奈子一人で、以前一緒だった背の高い刑事の姿はなかった。

「藤堂さんお一人ですか?」

「はい」

昨夜のことをどう思ってか、彼女は硬い表情で微笑むと、

「どうぞ」

と答えた。保は彼女を自分の部屋へ案内した。

すでにブラインドは閉じてあり、ビルの下を通る車の音が微かに聞こえる。比奈子

はドアの前に立ち、一生懸命に言葉を探しているようだった。

「えっと……まずはコートをありがとうございました。ここへ持って来るわけにもいかなかったので、宅配便で送りました。明日には届くはずですから」

昨夜のことを思い出さずにいられない。あれが間違いだったとしても、自分に生きる力をくれた。なるべく普通の声で答える。

「あ、いいえ。こちらこそ、お手数をおかけしちゃってすみません」

彼女もギクシャクとバッグをまさぐる。

「お忙しいなか、お時間を取らせて申し訳ありません。実は、写真を確認していただきたくて」

「いいですよ」

微笑むと、

「これなんですが」

と言いながら、比奈子は保のデスクに寄ってきた。カルテを確認していたために、今日のデスクは散らかっている。パソコンのほかにもＵＳＢメモリやＩＣチップや、ボタンを留めていた安全ピンなどを入れたカゴがあり、その横にフォトスタンドが置かれていた。彼女が保に見せたのは、『小林翔太（こばやししょうた）』という人物の履歴書だった。コピーのせいで画像も文字も不鮮明である。

「写真の人物をご存じでしょうか」

「この人が、なにか？」

訊くと、比奈子は履歴書に、鑑別所で撮られた少年の写真を重ねた。

「大友くん……」

それは大友翔だった。事件直後の写真である。

「やはりご存じだったんですね。彼は、早坂院長が法務技官をしておられたときに世話をしていた少年です。名前は大友翔。十五歳で母親を殺して鑑別所へ、そこで早坂院長の資質鑑別を受けて少年院へ送られています。現在も、早坂院長は彼の保護司をしておられますね？」

刑事のような声だった。

「ええ」

保は知らない人を見るような目で比奈子を見た。

「どうして彼を調べているんです？」

「その前にお聞きしたいのですが、こちらの小林翔太という人物はご存じではありませんか」

　比奈子は大友の写真を持ち上げて小林翔太の履歴書に並べた。十五の時の大友は、痩せて、自信なげで、今とはずいぶん雰囲気が違うが、履歴書の写真も大友だった。殺人で自信を取り戻し、ハッとするようなイケメンに成長したのだ。

「捜査に協力してください」

　比奈子は頭を下げ、保はため息をついた。

「彼が現在の大友くんです。本人に間違いないと思うけど、名前が違うのはどうしてだろう」

　その理由に思い当たって、保は幾分か青ざめた。大友との会話が脳裏を過ぎる。

　──仕事は？　みつけた？　今は何をしているの？──

　──……ウエイター──

　──ウエイターか。……どんな店？──

　──イタリアン──

　──どこにあるの？──

　──駅のそば──

　女性警察官が撲殺された船森公園の近くでもある。

「前回ここへお邪魔したとき、私はこの男とエレベーターですれ違ったんです。何も言葉を交わさなかったけれど、忘れられない印象でした。そして……ここから先は、まだ私個人の推測に過ぎないのですけれど、私は彼が、船森公園で仁美が殺された事件の重要参考人であると思っています。もっと言えば、ほか二件の未解決事件の犯人も、彼ではないかと疑っています」

大友のようなタイプは止まらない。殺人を犯さずにいられたことが、むしろ不思議なほどだった。ほか二件の未解決事件？

「なんで……」

保はあえぐように呟いた。むしろ納得できると思った。もっとやっていてもおかしくないと、そのほうが自然だと考えていた。

「根拠は裸電球と香水、そしてバージニア・スリムという煙草です」

あの日、アパートの玄関で、微かに香った人工的な甘ったるい匂い。あれは、あの子が母親のドレッサーから拝借した香水の香りだったのだ。大友の母親が愛用していたのと同じ銘柄、同じ香水の匂いだったのだ。

「臨床心理士としての野比先生の意見をお伺いしたいんです。犯人が母親に強い憎しみを持っていた場合、母親と同じタイプの女性に対しても殺意を持つことがあるでしょうか」

「待って……藤堂さん。待ってください」

保はよろめくように自分のデスクに腰を下ろした。そんな、まさか……いいや、あり得る。それはあり得る。夢で見た。昨夜、悪夢に見ていたじゃないか。

「そういうことは……あると思う。どの現場にも裸電球があったとしたら、なおさらに……本当なんですか？　本当に、現場に裸電球が？」

「ありました。確認したので間違いありません」

「……大友くんが殺人を……どうして……いや、やっぱり……」

「野比先生は、幼女殺害事件の第一発見者だったんですよね」

そんなことまで調べていたのか。知っていてぼくに抱かれたのか。保は頷いた。

「この写真立てに入っているのは、その事件とつながりのある物なんですか？」

「そうです」と、保は言った。

「事件現場で拾ったんです。ぼくは安いアパートを探していて、不動産屋に紹介されたアパートの……駐車場に……ピンク色の小さな紙が散らばっていて、何気なく拾ってポケットに入れたのを、そのままずっと忘れていたんです」

知っていて、あなたはぼくにキャンディーをくれた？　いや、そうじゃない。そんなはずはない。なら、どうして……保は混乱し、戦いた。クリニックは驚くほど静かだ。道路を走る車の音も、今はもう響いてこない。

保はショックで声が震えた。すべてが一本の線でつながろうとしている。

「ぼくはものすごく自分を責めた。もう三十分早く現場へ着けばよかったとか、もっと早くに、あの部屋を借りていたらよかったとか……なんであの子を、救えなかったのだろうかと」

「そんなの」

保は弱々しく笑って見せた。

「わかってる。たぶん藤堂さんもそうだよね？　お友だちのこと、そう思ってしまうでしょ」

被害者を知る者たちは自分を責める。取り戻せないその瞬間を、昨日も、今日も、いつまでもずっと、何度も後悔し続けるのだ。

「すべてが夢だと思いたかったけど、ジャンパーのポケットからその包み紙が出てきたとき、ぼくはあの子の目を……思い出さずにはいられなかった。だからそれを飾っている。もう二度と、誰も同じ目に遭わせないために。くじけそうになるたびに、それを見て自分を奮い立たせた。そのためだけに、がんばってきたのに」

保が心で続けた言葉を、頭の中で比奈子も聞いた。比奈子は写真立てに優しく手を添え、そして壬生のＵＳＢメモリに目を留めた。メモリには細かな傷がついていて、彼女はそのキズに見覚えがあった。鮫島が死んだとき拘置所で見たメモリだ。それには監視カメラの映像が入っていた。誰も持ち出せないはずのその映像を、『スイッチを押す者』がメディアにリークしていたのだ。

比奈子がそっと後ろへ下がったとき、スマホが鳴って、メールを受信し、確認してから保を見返すその目には、恐怖と驚愕が入り交じっていた。

保も壬生のＵＳＢメモリに気がついた。鮫島が死んだ夜、検死官と二人の刑事が拘置所を訪れた。その一人が彼女だったら。そして監視カメラの映像を、このメモリで確認したなら……電撃のようにショックが襲い、保は自分の運命を呪った。

「俺は……ぼくは……なんでだよ！」

我ながらケダモノのような声だった。両手を自分の額に打ち付けた時、比奈子は走ってドアに飛びついた。彼女は自分を恐れたのだ。

「藤堂さんっ！」

叫ぶと同時にドアが閉まって、その瞬間に電源が落ち、保は暗闇に取り残された。

大友の仕業だと、保にはわかった。早坂の裸電球が彼の渇望を刺激したのだ。権力の象徴である警察官を殺し、大友の征服欲は肥大していた。ああ、どうしてそれに気付かなかったのか。考えろ。考えて、あの人をここから逃がさなければ。

比奈子は暗い廊下で非常灯の明かりを求めた。受付を目指して進み、逃げ出そうとして透明なドアにぶち当たった。分厚い強化ガラスは体当たりしてもビクともしない。鍵（かぎ）が掛かっているようだ。いつの間に？　なんのために。どくん、どくん、と心臓が鳴る。彼女は携帯を取り出して、震える指で仲間の刑事にかけた。一緒に来た背の高い刑事は駐車場で待機している。けれどキャッチに応答しない。おそらく鑑識と話しているのだ。さっき届いたショートメールは鑑識からで、宮原秋雄が不審死した事件で、コーラのビンから保の指紋が出たというものだった。殺人犯に抱かれた刑事。混乱し、恐怖に震える。

どこかで物のこすれる音がした。暗闇の受付ホールでは、非常灯の明かりを背負った自分が圧倒的に不利になる。隠れようとカウンターに近づいたとき、在室表示の明かりを見た。そうだった。院長とクライアントがまだ中にいる。刑事の責務を思い出し、彼女は携帯電話を切って足音を忍ばせ、再び廊下を戻りはじめた。

保もまた暗闇の中で大友の気配を探っていた。窓のない廊下は街の明かりも入ってこない。院長は無事なのか。無事であるなら大友はなぜ、ブレーカーを落とせたのだろう。彼の残虐行為を知るにつけ、一秒でも早く救急車を呼ぶ必要がある。ただし、大友は今、残虐なハンターと化しているから、むやみに部外者を招き入れることはできない。一番はあの人だ。彼女はここに大友がいることを知らない。非常灯を背負って、小さな影が廊下を進んでくる。捕まえて安全な場所に彼女を隠し、院長室へ行って、大友と話す。比奈子が近くへ来るのを待って、保は素早く彼女を抱き寄せた。鼻と口を手で塞ぎ、後ろから抱きすくめて囁く。

「しーっ。ぼくです藤堂さん、落ち着いて。大きな声を出さないで……停電は院内だけのようなんです。たぶんブレーカーが落ちたんだと思う。危ないから、院長が明かりをつけるまでここにいてください」

おそらく院長は明かりを点けることができない。けれど、それを話せば彼女は院長室へ行く。この人は刑事だから。懸命に刑事になろうとしているから。かわいそうに、小さな体が震えている。保は悲しみに唇を嚙み、彼女を自分に引き寄せた。

「……ぼくがこわい？　藤堂さん」

心臓が強く打つのは昨夜と同じだ。どちらがどちらの心臓か、分からないくらいに打っている。けれど昨夜とはもう状況が違う。真実を告げる時がきたのだ。

「藤堂さんには分かってしまったんだね。鮫島さんたちの酷い画像を、メディアに送ったのはぼくなんです」

ぼくなんです。と、保は言った。誰かのせいにすることはできない。早坂と出会ったことを後悔するつもりもない。すべての始まりは自分だし、すべての過ちは自分のせいだ。怒りに駆られ、傲慢になり、人間らしさを失っていたのだ。保は比奈子を後ろから抱いて、なだめるように語り続けた。

「最初に着目したのは脳腫瘍です。脳腫瘍、脳梗塞、様々な脳の病気が患者の人格を変えてしまうことがある。院長はそこに着目し、記憶や情動を司る脳の部分を直接操作できないかと考えて、そのために、電子工学を学んでいたぼくを呼び寄せたんです。でも、人が人の脳を勝手にいじるなんてことが許されるはずはない。思い悩んでいた頃に、ぼくはあの事件と遭遇した。天命だと思った。殺された女の子が、ぼくを呼び寄せたんだと……大学院を休学して……ぼくは独りで研究を進めました。それが恐ろしい背徳行為だとわかっていても、もう、迷いはありませんでした。そうしてついに、脳の一部に、不随意機能に作用するスイッチがあるのを見つけたんです。激しい渇望に突き動かされ、快感を得るために繰り返し記憶を呼び出す人にとってのみ、凶器となり得る恐ろしいスイッチです」

次第に呼吸が荒くなる。比奈子は暗闇に耐えて動かない。

「その時ぼくの心には、壬生さんがいつも言っていた『人を何人殺しても、死刑になるのは一度だけ』という言葉しかなかった……三人殺したら三回死ぬ……そうして、もし、与えた分だけの苦しみが自分に返ってくると知ったなら、どんな殺人鬼も犯行を躊躇うんじゃないかと考えたんです」

「企みは成功したのね」

「……そう」

比奈子の胸でクロスした腕に、保はぎゅっと力を込めた。

「どうやって彼らを殺したの」

「殺してない」

「だってあなたは、彼らの画像を撮ったじゃないの！」

「しっ。落ち着いて……」

保は震える比奈子の腕をさすった。

「藤堂さんには、すべてをお話ししておきます」

「壬生が共犯だったのね」

「そうじゃない。いったでしょ？　壬生さんは関係ないって」

「だって、拘置所の画像を持ち出したのはあの人でしょう」

「……壬生さんは考えに賛同してくれて、だからご自分の死期を悟ったときに、あれを持ち出したんだと思うんです」

「他の二人の映像は？」

保は早苗の身に起こった不幸を比奈子に話した。

「ウィルスソフトを仕込んだのです。あとで早苗さんの婚約者が、画像投稿サイトのアドレスを送ってきました。それで宮原の死に様を知った」

「あの画像も、見たんですね」

保は比奈子の肩で頷いた。

「ぼくは殺人者になりました。今では、いくつもの悪夢に苛まれている」

比奈子はもがいて保の腕から脱出した。院内に物音はなく、誰かが来る気配もない。いつまでたっても電気も点かない。

「教えてください。スイッチを仕込む方法と、それをONにする方法を」

「脳の、ある場所に腫れを発生させておくんです。あとは、勝手にスイッチがONになるのを待てばいい」

おそらく壬生は、そのストレスと罪悪感で、死期を早めてしまったのだ。

「強烈で残忍な記憶を呼び起こされた時、自然にスイッチが入るんです。宮原の場合、彼は毎日同じ場所で同じ行動をとることで、自分が犯した忌まわしい記憶を楽しんでいた。ぼくは、だから……」

壬生は立派な刑務官だった。受刑者に寄り添い、彼らの更生を願っていた。そして彼はもういない。今さら生き様に泥を塗り、遺族を悲しませてどうする。すべては、ぼくのせいなのに。

「同じ時間、同じ場所で彼を待ち伏せ、飲み物を買うふりをして、彼が早苗さんに使った物を手渡した」

「コーラのビンね」

ぼくの指紋がついている。調べればぼくの指紋だとわかる。保はゆっくり頷いた。

「でも、まさか、宮原が殺人まで犯していたとは思わなかった」

彼は自宅に逃げ帰り、殺した女子高生のように自分を殺した。

「なぜそんなことを……どうしてそんな酷いことを。宮原の映像を見たくせに、どうして他の犯罪者たちを止めようとしてくれなかったの？」

「遅かったんだ」

保はゆっくり頭を振った。

「何人かの頭にスイッチを埋め込んでしまった後だった」

比奈子は保を突き飛ばして部屋を飛び出し、一目散に院長室へ向かった。

ああ、また。と、保は思った。そっちへ行ってはダメだと叫びたかったが、大友に彼女の存在を教えることになる。彼が狙っているのはぼくだ。ぼくと、早坂院長だ。

保はブレーカーを上げに走った。


廊下を走りながらスマホの電源を入れたとたん、仲間の刑事から着信が来た。比奈子は院長室のドアを開けざま、「早く来てっ！」と、スマホに怒鳴った。同時に院内の明かりがついた。誰かがブレーカーを上げたのだ。

広い院長室の中央に、丸くて巨大な血溜まりがある。そこから長く線を引き、血の筋がコーナーへ伸びていた。天井には血しぶきに濡れた裸電球がぶら下がり、かわいらしいイチゴキャンディーの袋をテーブルに載せたまま、患者用のソファに両手両足を投げ出して早坂院長が死んでいた。首を深く切り裂かれ、血の涙を滂沱と流し、刳り貫かれた眼球を自分の口に突っ込まれていた。

悲鳴を上げるひまもなく、比奈子は頭を殴られて床に倒れた。髪をつかまれ、引きずられていく。なんの感情もない、まるで砂袋を引きずるような粗雑さだ。体が血だまりに浸って、急に滑りが良くなった。そうして比奈子は、たちまち裸電球の下に連れてこられた。

「大友くん！」

保が院長室へ駆け付けたとき、比奈子は院長の遺体のそばで、ソファに押しつけられていた。

「たのむ。その人に手を出さないでくれ、たのむ」

保は室内に躙（にじ）り入ったが、すぐにその場を動けなくなった。大友が比奈子の髪をつかみ上げ、首筋にナイフを当てたからだった。細く研ぎ澄まされた切っ先が吸い付くように肌に喰（く）い込み、早坂の血の上に、新しく比奈子の血がにじみ出る。

「やめろ！」

「せ、んせい……」

と言ってから、大友は声を潜めてくっくと笑った。

「あんた、でも、そ、んな顔を、する、んだな」

マズい。吃音（きつおん）が出ている。保は頭を回転させて、彼女を救うことだけ考えるんだと自分に言った。でも、どうすればいいのだろう。ひと引きで彼女の頸動脈（けいどうみゃく）は裂かれてしまう。

「大友くん、お願いだ。何でもするから、彼女を放してやってくれ」

「い、や、だ……ふふっ……ふふふふふ……」

大友は全身を震わせて笑った。その下半身がジーンズを突き破りそうなほどに屹立していく。比奈子の驚愕に見開かれた目が、そこを見ている。

「あ、んたの、目の前で、こ、いつを、殺そうと、決めたんだ。あんた、こい、つが、好きなんだろう。どんな、気がする？　こいつが、目の前で、殺されるのは」

大友がナイフを振り上げたとき、比奈子はポケットから手を抜いて、大友に何かをぶちまけた。七味唐辛子だ。大切な七味を大友の顔に見舞ったのだ。

「ぎゃっ」

という叫びと共にナイフが落ちて、比奈子は転がるように保の許へきた。

「逃げて」

と保は命令した。小さな体を背中に庇って大友に躍りかかるや、指輪をした右手と受容機を埋め込んだ左手で彼の頭を抱え込む。大友は夢中で両目をかきむしっていたが、目を瞬きながらもナイフはどこかと捜しはじめた。彼の両目はまっ赤に腫れて、涙で視界が利かないらしい。保を背中に乗せたまま、四つん這いになって血溜まりを探る。ナイフは大友から数歩の位置だ。大友の目がナイフを捕らえた瞬間、比奈子は反射的に飛び出した。

「翔っ！」

わずかに大友が早かった。比奈子の指先でナイフが掠め取られたとき、保は仁王立ちになって大友の名を呼んでいた。

ぼくは彼を知っている。どれほどに蔑まれ、苦しかったか知っている。

「役立たず、おまえは本当に役立たずだよ。そんなじゃ結婚できっこないね。どんなに顔がよくっても、勃たない男は男じゃないよ。ああ、損した損した。おまえを産んで損したよ」

大友は蒼白になり、次の瞬間、どす黒いほどに顔色を変えた。青年と悪魔が混在するような、不気味で異様な顔つきだった。

「役立たず。おまえホントに男かよ、ついているのはオモチャかよ」

ぎりりと歯の鳴る音がした。大友は車輪が軋むような声で唸りながら、比奈子を無視して立ち上がった。母親の言葉で罵りながら、保はキャンディーの袋を引き寄せて、中身を取り出し、包み紙を剝いた。手早く、いくつも、いくつも、いくつも……そして山になったキャンディーを摑んで、じりじり大友との間合いを計った。

「ちくしょう……ママの真似は、や、めろ」

大友が迫り、保は裸電球の下まで退く。

「大友翔。覚えているだろ？　駐車場には、錆びた自転車が置かれていた。きみはイチゴキャンディーで女の子を釣って、アパートの、畳を一枚剥がした場所に、釘でその子を打ち付けたんだ」

大友は人形のようにぎこちなく、首を回した。充血した目が炯々と光っている。保はその足下に、キャンディーの袋を放った。転がり出たキャンディーが、血糊の中に散らばっていく。

「電球を点けてその下で、あの子にキャンディーを食べさせただろう？　もういらないというあの子の口に、むりやり飴を押し込んだだろう、こんなふうに」

保はガクンと膝を折り、キャンディーを自分の口に詰め込みはじめた。飴は喉を塞ぎ、気道に入って激しく咽せて、苦しさのあまり涙が流れた。それでも保は詰め込むのを止めない。唇が切れて血が流れた。

「やめて！」

と、比奈子が叫んだとき、大友は片手で頭を押さえ、ナイフをぽろりと床に落とした。そのまま裸電球を見上げている。

まるで、意識がどこかへ飛んでしまったようだった。虚ろな目は保にも比奈子にも向かず、ただ電球の明かりに注がれている。

比奈子は保の背後に回り込み、胃の下に両腕を回して激しく引いた。

保は「うっ」と声を上げ、気道に詰まった飴を吐き出した。

「大丈夫ですか」

「うん、ぼく、は……」

貪（むさぼ）るように呼吸して、保は大友を見上げた。大友の瞳（ひとみ）が激しく動き、

「ママ！」

とひと言叫んだとたん、ぼきりと音を立てて右手の指が折れ曲がった。

比奈子は「ひっ」と悲鳴を上げたが、大友は笑っていた。

「何をしたの、彼に何を」

保は泣きそうな顔で大友を見る。長い廊下の向こう側、受付の奥で男の声がした。

「もう一人、刑事が来たわ」

比奈子が言うと、

「行って」

と保は頷（うなず）いた。

「でも、入ってこられないのよ。入口がロックされてるの。私たちが逃げないように」

「入口のロックは床にある。閂があるからそれを外して」

「あなたはどうするの」

「彼といる。最後まで。ぼくのせいだから」

比奈子は保と大友を見て、それから仲間の声がするほうを見て、受付へ駆け出した。

──いつもママを追いかけていた。ママは怖くて意地悪で、腹が立って大嫌いで……それでも、ずっと好きだった。なのに、それなのに！──

ほとばしる感情がスパークしたとき、大友の額はバックリ割れて血が噴き出した。恐怖に凍り付く裸の母が目の前にいて、同時に、全裸でバットを振り下ろす自分自身の姿も見ていた。

──今までそんなふうに俺を見たことがあったかよ。俺だけを見てくれたことがあったかよ。俺に謝ったことがあったかよ。俺が謝っても、謝っても謝っても、あんた、許してくれたことがあったかよ、ああ？──

バットを振り下ろすと、大友は口から血を吐いて床に倒れ、ビクンビクンと痙攣した。母親の遺体にバットを突き立て、こねくりまわす自分を見ていた。

──なーんだ、結局これだけのものなんだ。ただの肉の塊なんだ。俺はずっと……

こんなものに、ずっと、支配され続けていたのかよ。こんなものに、俺は……なにを怯えてきたんだろう――

遺体となった母の位置から見上げれば、血飛沫の散った電球の下に、今度は、ブロックを握った自分が見えた。口元に笑みを浮かべ、目だけがやけに見開かれ、嬉しそうに輝いている。そうだった。無愛想で態度が横柄な香水臭いおばさんにママの未来を見たようで、ママの未来を穢されたみたいで、俺は腹が立ったのだ。

自分が何をされるかわかっていたが、大友は甘んじて受け入れた。彼は半身を起き上がらせて、床に頭を叩きつけた。後頭部が裂けて血が流れた。誰も助けてくれない。誰も助けになんか来やしない。あんたも同じだ、俺と同じに、ひとりぼっちで死んでいくんだ。死ね、今、ここで、死ね！

――全身に電気が走る。なんか手応え、なんか、快感……――

渋谷で声をかけられて、チャラい男のアパートに転がり込んだ。工場勤務の男だった。奴と街へ出かけると、いつも女がついてきた。アパートで酒を飲み、女が眠ると、自分だけが外に出された。行くところもないから鉄階段に座っている。昼間はときどき近所の子供が寄って来た。女の子で、かわいい声で喋り、ころころ笑って、俺の近くで遊んでいた。こんな子も、中身はママと同じなのかな。それがとても不思議だった。ポケットにあった飴玉をひとつ、くれてやった。

——ママがね、虫歯になるからアメ食べちゃダメっていうんだよ。でもね、くるみ、アメだぁーい好き——

奴が工場をクビになり、アパートを追い出されることになったとき、俺はあの子にキャンディーを買った。あの子はとても喜んで、駐車場でそれを食べ、お兄ちゃんだあい好きと、そういった。鍵の壊れた台所の窓からアパートに入って、あの子を部屋に連れてきた。どこへも行かないよう床に打ち付け、時々会いにいくつもりだった。そうしたら……あのガキは……ママと同じ匂いをさせてやがった。

大友は床にこぼれたキャンディーを拾い集めて、自分の口に詰め込みはじめた。保は大友からナイフを隠したが、効果はなかった。口の中がいっぱいになると、大友は保に襲いかかって、あっさりナイフを取り上げた。

比奈子と仲間の刑事が院長室に飛び込んできたとき、大友はくしゃくしゃに指の折れた手にナイフを摑んで振り回していて、保はその腕にしがみついていた。

「やめろ、警察だ！」

刑事は叫んだが、大友は保を襲わずに、ナイフで自分のシャツを切り裂いた。

「自分を襲う。刑事さん、彼は自分を殺します！」

保に言われて刑事も大友に飛びかかったが、大友は信じられない怪力で、軽々と男二人を振り払った。

「なんだこいつ、化け物だ」

「化け物じゃない、化け物なんかじゃありません」

保はまた大友に飛びついた。大友は保をひきずったまま裸電球の下まで来ると、はだけた自分の胸にナイフをあてて、静かにすっと切りつけた。一筋の血が皮膚を走ったが、肉は切れない。大友はナイフに付いた血をべろりと舐めた。

「へえ……小さいのに、同じ色だね……」

破けた口の隙間から、キャンディーがぽろぽろこぼれて落ちる。大友は憑かれたように笑いながら、ゆっくり電球の下に横たわった。まるで腕にしがみついている保など、いないかのようだった。保も、刑事も、渾身の力を込めている。それでも大友はナイフの切っ先を、自分の腹に突き立てた。止まらない。止められないのだ。

「野比先生、彼を止めて、やめさせて」

比奈子が懇願する。保は両手で大友のナイフをつかんでいたが、彼が自分を切るのを止められない。刃が当たって、保の腕も傷だらけだった。

「だめだ、止まらない。渇望が強すぎて」

大友の腹は肉が裂け、大量の血が噴き出した。

「き、救急車。藤堂、はやく救急車を呼べ！」

刑事が叫び、比奈子が電話で救急車を呼ぶ。保は大友の腕にしがみついたまま、全身に鮮血を浴びて、苛烈な雄叫びを上げていた。

大友は幼女を解剖する自分自身を眺めていた。

その瞬間の興奮につつまれながら、同時に、幼女が味わった痛みと恐怖を堪能していた。それは大友にとって生きる手応えを感じることだ。自分の奥底にたぎりながらも、噴出することのなかった熱い何かが、ぬるぬるして、ぺたぺたして、温かい何かと一緒にほとばしり出ていくのを感じていた。目の前には貧乏くさい裸電球が、生まれた時からずっとつきまとっていたみすぼらしい光が、淋しげに朱く点っている。女の子の中身を引き出して、その奥に何があるのか確かめた。

小さな洞は空っぽで、結局、なんにもわからなかった。その気になれば、自分は誰でも自由にできる。それがわかっただけのことだった。

「大友くん、翔くん……」

誰かが自分を呼んでいた。悲しげで優しい声だった。

——翔っていい名前でしょ。あたしが大好きな男の名前と一緒だからね、あんたはきっとイケメンになるよ。翔、翔、大友翔。芸能人みたいな名前だもんねぇ――

大友は、髪をかき上げる誰かの手を感じた。誰かの胸に抱かれていて、その温もりを感じていた。とく……とく……とく……すごく近くで、誰かの心臓の音がする。たしかで、気持ちのいい音だ。

比奈子は大声で叫んでいた。刑事は青ざめて、人形のように大友と保を見続けていた。保は大友を胸に抱き、泣きじゃくりながら無残にひしゃげた大友の頰をさすっていた。三人はなすすべもなく、大友の魂が自由になる瞬間を見守っていた。

署員が大勢駆けつけて、比奈子は応急処置を受け、刑事が事情を説明し、保は大友の体に腕が喰い込んでしまったかのように、血まみれの遺体を離すことができなかった。二人の警察官に体を抱かれ、強引に立ち上がらせられたとき、保はふらふらになりながらも比奈子の無事を目で追った。丸いメガネに大友の肉片がこびりついている。警察官に支えられて歩き、愛した女性の前まで行って、拳に握った傷だらけの両手を差し出した。手のひらはえぐれ、受容機が破れてはみ出していた。

比奈子は保の顔を仰ぎ見た。

「その指輪だったんですね。彼らの頭にスイッチを埋め込んだのは」

「はい。特殊な電磁波で扁桃体を腫らしてポリープを創るんです」

「そんな……恐ろしい研究を……どうやって……」

比奈子の顔が歪むのを見ると、胸が痛んだ。

「もちろん、一番はじめに自分の頭で試したんですよ。ぼくは臆病で弱虫だから」

比奈子は血だらけの両手で、自分の口を覆いそうになった。

「……自首します、藤堂さん。ぼくが『スイッチを押す者』です」

本物のスイッチを押す者はもういない。大友に殺されてしまったから。なにもかもすべてが作り事めいて、夢の中の出来事のように思えた。今すぐにでも目を覚まし、夢だったんだと思いたかった。悲しむ彼女に保は言った。

「進め、比奈ちゃん。あなたは刑事だ」

「そ……そんな言葉を……こんな場面で、使わないでよ」

「ごめん」

比奈子は保が差し出した血まみれの拳を、優しく両手で包みこんだ。そしてその手に額を押しつけ、幾粒かの涙をこぼした。

「うわあー、なんだこりゃ」

入口で誰かの声がした。

比奈子はきっと顔を上げ、時間と罪状を告げてから、保の腕に手錠をかけた。カシャリと手錠が鳴ったとき、保は目の前に少女を見ていた。

微笑んでくれるかと思ったけれど、相変わらずの白い目だった。

エピローグ

そして今、保は白い部屋にいる。

凄惨で救いようのない事件の後で警察病院へ収容された保の許へ、白衣の女性がやって来たからだった。ボブカットにした銀髪に細いフレームの眼鏡をかけて、ピンヒールを履いた初老の女性は、石上妙子と自分を名乗った。

「あんた、中島博士の息子だってね」

「父をご存じですか」

と、保は訊いた。大友のナイフで切り裂かれた手はズタズタで、神経をつなぐためには、まだ何度も手術を受ける必要があると彼女は言った。

「ぼくみたいな犯罪者にお金をかける必要はありません」

そう言うと、彼女は鋭い目で睨む。

「いいかい？　犯罪者も人間だ。人間には使命がある。自分を蔑んで逃げようったって、そうは問屋が卸さないんだよ。よく覚えておくことだ」

頭から冷たい水を浴びせられたような気がした。何もかも終わらせたいと思っていた自分の愚かさが情けなくて、保は人目も憚(はばか)らずに泣いた。女性はベッドの脇に立ったまま、腕組みをしてこう言った。

「あんたをほかの施設へ移す。あたしが身元引受人だよ」

「ほかの施設とは？」

すると彼女はニタリと笑った。

「いいかい？　あんたがやらかしてくれた事件はね、今の科学で実証できない。なんたって、生体実験するわけにはいかないんだからね。そうすると、あんたをどうやって裁けばいいか、関係者はみんな頭を抱えているんだよ」

「でも」

彼女は人差し指を振り上げて、保を黙らせた。

「今回のことは、あまりに奇妙な自殺事件と、不明だった殺人事件と、その犯人が明らかになったってことで落着する。ただし、それであんたが許されたわけじゃない。このまま楽になろうなんて、よもや思っちゃいないよね？　罪は償ってなんぼだよ。あんたがやらかしたのは復讐(ふくしゅう)で、その罪はきっちり償ってもらうからね。そのために場所を移るんだよ」

外光が彼女の髪に光っていて、着ている白衣が眩(まぶ)しかった。

「どうすれば償えますか」

「研究を続けて欲しい。早坂院長みたいにあんたをコントロールする気はないし、考える時間はたっぷりあるし、償う時間もたっぷりあるよ」

それから彼女は、ズタズタになった保の両手を見下ろした。

「まったく……お父さんが知ったら、なんて言うか」

父に合わせる顔はない。

そう思ったとき、彼女は跪(ひざまず)いて、見上げてきた。

「あんた、最初の事件の時も、女の子の死体を抱いて離さなかったんだってね？　あたしは検死官なんだけど、死体になった大友は、なんだかとても安らかだったよ」

慟哭(どうこく)は、今も変わらず突き上げてくる。けれど保は、今は自分も大友も、闇にはいないとわかっていた。あの瞬間、大友の魂が体を離れるあの瞬間、保は一緒に感じていたのだ。大友が最後に見た光は裸電球のものではなくて、なにかもっと、生まれる前にいた場所から輝き出した光であったと。

少女の姿はもう見えない。光の許へ行けたのだろうかと保は思う。誰のものであれ、魂は煉獄(れんごく)ではなく天国へ行くと信じたかった。

end.

【主な参考資料】

海外における精神疾患に対する脳神経外科治療の現状　平　孝臣
https://www.jstage.jst.go.jp/article/jsbpjjpp/24/1/24_11/_pdf

ヒトの脳と高等哺乳動物脳の比較機能解剖学—定量形態計測学的研究—　齋藤基一郎
https://www.jstage.jst.go.jp/article/uekusad/2/0/2_KJ00008211159/_pdf

ほか参考文献は『ＯＮ　猟奇犯罪捜査班・藤堂比奈子』に準ずる。

本書は書き下ろしです。

この作品はフィクションです。実在の人物、団体、事件などとは一切関係ありません。

OFF 猟奇犯罪分析官・中島保

内藤 了

角川ホラー文庫 22348

令和2年9月25日 初版発行
令和6年11月15日 再版発行

発行者——山下直久
発 行——株式会社KADOKAWA
〒102-8177 東京都千代田区富士見2-13-3
電話 0570-002-301(ナビダイヤル)
印刷所——株式会社KADOKAWA
製本所——株式会社KADOKAWA
装幀者——田島照久

●お問い合わせ
https://www.kadokawa.co.jp/ (「お問い合わせ」へお進みください)
※内容によっては、お答えできない場合があります。
※サポートは日本国内のみとさせていただきます。
※Japanese text only

ISBN978-4-04-107787-0 C0193